大话西游

西游记奇葩阅读指南

冬郎 著

哈尔滨出版社
HARBIN PUBLISHING HOUSE

图书在版编目（CIP）数据

大话西游：西游记奇葩阅读指南 / 冬郎著. — 哈
尔滨：哈尔滨出版社，2020.6
ISBN 978-7-5484-4887-7

Ⅰ.①大… Ⅱ.①冬… Ⅲ.①《西游记》评论 Ⅳ.
①I207.414

中国版本图书馆CIP数据核字（2020）第067884号

书　　名：**大话西游：西游记奇葩阅读指南**
DA HUA XI YOU:XIYOUJI QIPA YUEDU ZHINAN

作　　者：冬　郎 著
责任编辑：翟嫦娥　张　薇
责任审校：李　战
封面设计：仙境设计

出版发行：哈尔滨出版社（Harbin Publishing House）
社　　址：哈尔滨市松北区世坤路738号9号楼　　邮编：150028
经　　销：全国新华书店
印　　刷：天津文林印务有限公司
网　　址：www.hrbcbs.com　　www.mifengniao.com
E－mail：hrbcbs@yeah.net
编辑版权热线：（0451）87900271　87900272
销售热线：（0451）87900202　87900203
邮购热线：4006900345（0451）87900256

开　　本：720mm×1020mm　1 / 32　　印张：7.25　　字数：152千字
版　　次：2020年6月第1版
印　　次：2020年6月第1次印刷
书　　号：ISBN 978-7-5484-4887-7
定　　价：46.00元

凡购本社图书发现印装错误，请与本社印制部联系调换。服务热线：（0451）87900278

目录

作者声明

首先,《西游记》这本书是一本玄幻书,带有明显的架空意味,里面的时空完全不能与真实的历史、国家对上号。另外,里面的神仙体系也与正统的宗教传说有着迥异的差别,所以我认为,不能以宗教、历史以及其他神魔小说作为《西游记》的引证资料。而本书中所讨论的神仙,皆是《西游记》中人物,与宗教中的神仙无关,在此希望宗教界人士海涵,也希望各路神仙佛祖菩萨海涵。

其次,本书仅代表个人观点,略为一家之言,如果有贻笑大方之处,还望海涵,欢迎指正。如果能够因为此书引起一阵有关《西游记》研究的讨论,也是我作为一个"西游迷"所希望看到的。

再次,本书所讨论与介绍的,都取自于原著。没看过原著的,混淆电视剧情节与原著的,请不要随便质疑。电视剧情节,一般不在本书讨论与介绍范围内,更不会成为取证资料。

《西游记》作者大猜想

　　既然我选了这样的题目，想必大家都猜到了，我并不认同吴承恩是《西游记》作者的论断。

　　实际上，《西游记》的作者差不多算是一个谜案，明代后期以来有各种说法：明末清初的"丘处机说"（可以无视）、清中期的"无名氏说"、民国的"吴承恩说"，新中国建立以来的"万历说"、"李春芳说"等。而"吴承恩说"虽然疑点多多，但因为是民国两个大家——鲁迅与胡适提出的观点，所以渐渐地形成了滚雪球效应，逐渐成为公认说法。

　　但是"吴承恩说"的证据明显有些乏力。首先，最有力的证据就是《淮安县志》中《淮贤文目》的记载："吴承恩：《射阳集》四册四卷、《春秋列传序》、《西游记》。"但是，就算这个最有力的证据，也疑点重重。

　　第一，这是"文目"，要么是诗文集，要么是小短文，小说志怪一般是不入选的。比如吴承恩曾经创作过类似于《聊斋志异》的志怪小说集《禹鼎志》，在这里就没有提到。仅此一点，就足以让这个证据大打折扣。

　　第二，现存任何一个版本的小说《西游记》都没有以吴承恩为署名的。倒是有一本曾经藏于某古代藏书阁的游记《西游记》的署名是吴承恩。

其次，"吴承恩说"的第二个证据，就是吴承恩有一首诗，名叫《二郎搜山图歌》，里面的描写与《西游记》的情节有神似之处。而吴承恩的志怪小说集《禹鼎志》，也说明他对于这些神神鬼鬼的作品非常感兴趣。

这个证据显得非常的无厘头，按照这个逻辑，杜甫诗中有对诸葛亮的描写，而他的很多作品都表达了对刘备和诸葛亮的敬仰和羡慕，那么杜甫是《三国演义》的作者？

再者，这首《二郎搜山图歌》是一首题画诗，画上怎么画的他就怎么写。与其说吴承恩是作者，倒不如说这个画家呢。整首诗大家看一下：

李在唯闻画山水，不谓兼能貌神鬼。

笔端变幻真骇人，意态如生状奇诡。

少年都美清源公，指挥部从扬灵风。

星飞电掣各奉命，搜罗要使山林空。

名鹰搏拏犬腾啮，大剑长刀莹霜雪。

猴老难延欲断魂，狐娘空洒娇啼血。

江翻海搅走六丁，纷纷水怪无留纵。

青锋一下断狂狓，金镞交缠擒毒龙。

神兵猎妖犹猎兽，探穴捣巢无逸寇。

平生气焰安在哉，牙爪虽存敢驰骤。

我闻古圣开鸿蒙，命官绝地天之通。

轩辕铸镜禹铸鼎，四方民物俱昭融。

后来群魔出孔窍，白昼搏人繁聚啸。

终南进士老钟馗，空向宫闱啖虚耗。

民灾翻出衣冠中，不为猿鹤为沙虫。

坐观宋室用五鬼，不见虞廷诛四凶。

野夫有怀多感激，抚事临风三叹息。

胸中磨损斩邪刀，欲起平之恨无力。

救月有矢救日弓，世间岂谓无英雄？

谁能为我致麟凤，长令万年保合清宁功。

很明显，这首诗跟《西游记》压根儿就没啥关联，猴子精在整首诗里头只能算个龙套，戏份儿还不如那些水怪多。

至于《禹鼎志》，则更是乌龙，简直是反面证据。《禹鼎志》的原文已经散佚，我们今天只能看到一篇序。客观地说，这篇序中确实有可以作为旁证的东西，比如，"虽然吾书名为志怪，盖不专明鬼，时纪人间变异，亦微有鉴戒寓焉"，这样的创作思路，确实与《西游记》如出一辙。

但是也有不少反面证据，序中说："尝爱唐人如牛奇章、段柯古辈所著传记，善模写物情，每欲作一书对之，懒未暇也。转懒转忘，胸中之贮者消尽。独此十数事，磊块尚存；日与懒战，幸而胜焉，于是吾书始成。"可见，小说并不是吴承恩所擅长的文体，仅仅十几篇短篇小说，就已经让他每天与自己的"拖延症"做斗争，而且幸好最终战胜了自己的惰性，才写成了这部小说集。然而，可能这部小说集写得还不好，没人出版，于是就散佚了。

再次，"吴承恩说"的第三个证据，就是有人比对过《西游记》的语言词汇与淮安的方言，认为两者存在一定的联系。这更显得滑稽。明代后期的方言与现在存在着非常明显的差异。今天的淮安是官话区，所用的方言为江淮官话洪巢片淮扬小片，而明代几乎整个南直隶方言都接近现在的吴方言。直到清朝初年，流行的方言都是"苏白"，可见江淮官话的形成和推广是多么的晚！也就是说，如果现在的淮安方言和《西游记》的用词有关联，恰恰说明《西游记》的作者是个北方人，最多只是由一个淮安人帮他校对了而已。最重要的是，《西游记》中大量出现儿化音，这明显与南方方言不符合。

话都说到这个份儿上了，支持"吴承恩说"的读者想必已经想骂我了，而所有的读者或许都想知道我是怎么想的。在提出我自己的观点之前，我先跟大家谈一谈《西游记》之前的《西游记》。

1.《西游记》之前的《西游记》

在我们现在通行的小说《西游记》之前，玄奘西游的故事就已经开始被神话了。在唐宋之际的敦煌壁画上，唐僧的身边就多了一个毛脸雷公嘴的猴和尚。宋代，关于这方面的小说开始多了起来，但是故事很简单，尚不丰满，充其量也就相当于现在某个小地方电视台非黄金档的小电视剧，没有足够的社会影响力。

但是，到了元末明初，有一个叫杨景贤的人，集合当时社会上各种关于玄奘西游的传说故事，写了一个剧本，也是元代以来最长的杂剧剧本，名叫《西游记》，总共六本二十四折（也就是六个单元，二十四出戏）。而这部作品，也是现行版本小说《西游记》之前，最有影响力的作品。

为了区分，下文中我们称之为杨版《西游记》，我来简单介绍下故事情节。

首先出场的是观音菩萨，表明了自己的身份后，向观众透露了整个故事的主题：西天取经。然后说西天已经决定了，让"西天毗庐伽尊者"投胎到唐国状元陈光蕊家里去，但是陈光蕊已经注定要受十八年的水灾……

然后，陈光蕊出场，春风得意，他刚刚科举高中，又娶了大将殷开山的女儿，正在赴任洪州知府的路上。为了给怀孕的妻子补身体，他买了条鲤鱼，但是那条鲤鱼很诡异地眨了眨眼睛。他于是怀疑这鱼是龙变的，就把这条鱼给放生了。

可是，就在他们秀恩爱的时候，刘洪出现了。跟小说《西游记》里的附录《陈光蕊赴任逢灾，江流僧复仇报本》一样，刘洪打"死"了陈光蕊，甚至很多对话，附录都有着向经典致敬的味道。

刘洪替代陈光蕊成了洪州知府。殷氏不得已，只得将刚出生的小唐僧装在盒子里，放到江里任其漂流，身上放了表明身世的血书什么的。好在龙王相救，将小唐僧送到了金山寺边的水域，被渔夫救起之后，送到了金山寺。而神仙们昨晚就托梦给老和尚说，今天"西天毗庐伽尊者"的转世要来，所以老和尚早早地做好了准备。小唐僧就在金山寺生活下来。刘洪遭到了报应，成了残疾，不能继续做官，只得做些放高利贷之类的勾当。

接下来是字幕：十八年后。

老和尚告诉了唐僧事情的真相，唐僧跑去寻自己的母亲……最后母子相认。碰巧这时候，老和尚的朋友虞世南出任洪州知府，老和尚带着小唐僧去找虞世南告状。后来在江边杀刘洪祭奠陈光蕊的时候，陈光蕊突然出现了——原来因为他曾救了龙王，所以龙王也救了他，在龙宫养了他十八年，此时奉观音菩萨的法旨，还阳重生。

接下来观音菩萨出现了，告诉大家，现在长安大旱，可以让玄奘去长安祈福，如来那里有好多好经书，就等玄奘去拿了。并且告诉虞世南："虞太守听我叮咛：依老僧国祚安宁。陈光蕊全家封赠，唐三藏西天取经。"

最后在长安求雨成功，唐太宗高兴异常，同意了取经计划，唐僧踏上了征途。之后的故事显得拖沓，又是村姑来剧透，又是观音菩萨弟子木叉前来送马。最后木叉还告诉唐僧，前面是花果山（你没听错，花果山），那里有个猴子是你未来的徒弟，在等着你呢。

好了，我们看起来雷人的情节将一一上演，之后的故事一个比一个雷人！

孙悟空出场了，他的自我介绍太雷人，我不敢看：

"小圣弟兄、姊妹五人，大姊骊山老母，二妹巫枝祗圣母，大兄齐天大圣，小圣通天大圣，三弟耍耍三郎。喜时攀藤揽葛，怒时搅海翻江。金鼎国女子我为妻，玉皇殿琼浆咱得饮。我盗了太上老君炼就金丹，九转炼得铜筋铁骨，火眼金睛，……我偷得王母仙桃百颗，仙衣一套，与夫人穿着。今日作庆仙衣会也。"

且不说他说脏话显得粗俗，要命的是，他还有家人有老婆，齐天大圣是他哥哥，他是通天大圣。而且他大闹天宫是为了哄老婆开心！我的神啊！

后面，天兵天将出场前来抓孙悟空，走了过场。孙悟空的老婆出场，吐槽自己被抢来做压寨夫人不幸福。对了，这里孙悟空的洞府不是水帘洞，而是花果山紫云罗洞（很浪漫的名字）。

天庭的剿匪队伍营救了孙悟空的老婆金鼎国公主，然后观音菩萨显法力，将孙悟空压在了花果山下。确实，在杨版《西游记》里，孙悟空是个"战五渣"。可是唐僧与孙悟空的初次见面，却足以让无数人"三观"尽毁。

唐僧："小僧救他。"（做上山的动作）

孙悟空："师父，你爱我吗？"

唐僧："……这个，爱是仁心的根本，只要是生命我都爱。"

孙悟空娇羞了："师父是不是爱上了我像沉香亭上杨贵妃一样的小蛮腰？"

唐僧："……还是谈谈怎么救你的事情吧。"

之后把孙悟空救了出来，观音菩萨就出现了，给孙悟空戴上了紧箍，送了他一件黑色的直裰（小说里猪八戒的同款），并且送给他武器——戒刀，当然，他的主要武器还是耳朵里的金棍。没多久，他们师徒又在流沙河收服了妖人河里沙，也就是沙和尚。

初具规模的取经队伍又发生了营救刘太公女儿，协助佛祖等人降伏鬼母子使其皈依（鬼子就是红孩儿）的故事。当然，我相信大家会对猪八戒的出场更感兴趣。

猪八戒上场，照例一段自白：

"某乃摩利支天部下御车将军。生于亥地，长自乾宫。搭琅地盗了金铃，支楞地顿开金锁。潜藏在黑风洞里，隐显在白雾坡前。生得喙长项阔，蹄硬鬣刚。得天地之精华，秉山川之秀丽，在此积年矣，自号黑风大王，左右前后，无敢争者。近日山西南五十里裴家庄，有一女子，许配北山朱太公之子为妻。其子家贫，裴公欲悔亲事。此女夜夜焚香祷告，愿与朱郎相见。那小厮胆小不敢去。我今夜化做朱郎？去赴期约，就取在洞中为妻子，岂不美乎？只为巫山有云雨，故将幽梦恼襄王。"

在这个版本的《西游记》中，猪八戒几乎是二号人物，是四个徒弟（包括龙君，也就是龙马）中最为夺目的。不仅出场时的戏份儿最多，而且也是几个徒弟之中法力、武力最为高强的一个。天地间能够收服他的，只有二郎神和细犬（猪怕狗啊）。

后来孙悟空和沙和尚救出了裴家庄的小姐，二郎神前来帮忙降伏了猪八戒。取经的队伍凑齐了，后面的故事也与小说《西游记》差距很大，所以不多做介绍了。

但是，"女儿国"有一个情节倒是可以提出来。在电影《大话西游》中，孙悟空因为对紫霞起了凡心，紧箍自然就紧了，很多人觉得是在恶搞。实际上，这个情节还真的有来头。在女儿国，师徒们经历了非常淫荡的一晚。女儿国国王对着唐僧百般魅惑，连孙悟空都看不下去了："陛下啊，我们师父是童男，吃不得大汤水。放开老和尚吧，我来！"

女王当然不听，把唐僧带到了卧室。千钧一发之际，韦陀尊者闯进女王卧室营救，才让唐僧保住了法体。然而，猪八戒和沙和尚则肆无忌惮地与宫女们厮混，偏偏孙悟空刚刚一动凡心，紧箍就起了作用。

另外就是取经成功，唐僧回到东土后还发生了一些事情，而他的徒弟们，则在西天就被要求"成正果"。所谓成正果，就是死，然后重新投胎……

2. 杨版《西游记》与小说《西游记》的对比

通过介绍，我们可以知道，小说《西游记》是在杨版《西游记》基础上的再创作或者说同人作品，但是两者差异极大。

角色设定上，杨版《西游记》将唐僧作为主角，猪八戒作为取经团队的最强者，孙悟空则是用来卖萌、扮花痴的。而小说《西游记》则是将孙悟空作为主角，是整部作品自始至终的核心人物，唐僧也只是取经团队名义上的师父，猪八戒则成了卖萌的角色。

在这一点上可以看出，小说《西游记》的作者对孙悟空这个人物倾注了非常多的心血，他想通过孙悟空这个人物，来告诉我们一些东西。也就是说，解码孙悟空这个形象的象征意义，是破解小说《西游记》作者之谜的关键钥匙。

而在一些细节描写上，两者的差异非常有意思。杨版《西游记》里，除了唐僧，取经团队个个都是凡心涌动的人。孙悟空不仅时不时动凡心，而且本身就有一个妻子，也就是抢来的金鼎国公主。在路过火焰山时，孙悟空听说铁扇公主没有丈夫，还开玩笑说想入赘过去。路过金鼎国的时候，还很自豪地告诉师父，这是他的丈人家。猪八戒也有过压寨夫人。沙和尚虽然没有妻子，但是在女儿国也和猪八戒一起风流过。

而小说里，作者有意淡化了"性"。不仅从来没有关于"性"的描写，作为主角的孙悟空更是一个无性人。孙悟空有情有义，偏偏没有爱情，从来没有凡心。哪怕是在花果山当妖怪的时候，作者对这些都没有丝毫的描写。不仅孙悟空没有爱情，甚至他的出生都被描写成与性无关。杨版的孙悟空家里还有兄妹五人，到小说这儿干脆说他是石头里蹦出来的石猴。

而这个石猴的"石"字堪称妙笔。在民间，通常称无法进行性行为的女子为石女，那么孙悟空是个石猴，是不是也有这个暗示在里面呢？

我们可以大胆地猜想，孙悟空这个形象，实际上隐喻着明代政坛上的一个特殊群体——宦官！

话说到这里，我要给明代的宦官说句公道话。在明代，尤其是中期以后，话语权逐渐掌握在文官势力手上，别说对宦官了，甚至对皇帝的评价都控制在那些官僚手中。皇帝在很多时候对于这些形成气候的官僚朋党无可奈何，很多事情做不了主。在这种情况下，皇帝就会扶持宦官势力，与官僚们做斗争。到了清朝，明末官僚朋党之一的东林党残余势力参与了《明史》的编纂工作，对宦官更是极尽污蔑之词，就连郑和下西洋，都被说成是劳民伤财、好大喜功之举。

另外，明代宦官的文化水平很高，能够成为品级较高的宦官，其考试严格程度不亚于科举。所以，不能因为他们是宦官就歧视，总觉得所有的宦官都是坏人。我们且不说郑和下西洋，就拿魏忠贤这个颇具争议的人来举例。

在天启年间，魏忠贤当权。当时，天启皇帝与魏忠贤这一对搭档对时局的把握非常好，面对日趋混乱的局势，他们能够齐心协力维持现状，保证小步快走的发展。魏忠贤虽然在朝廷人事任命上有点儿排除异己，但是在边关将领的选择上，从来不看出身只看战绩，而且也不硬性要求他们在政治斗争中站队。他还在宫里面开展集资活动，为前线捐赠马匹（他自己就曾经多次捐款）。这个时候，朝廷还能有正常的税收，能养得起军队，打得起仗。

相反，江南士人集团东林党在崇祯年间上台之后，国家在南方富庶地区的税收几乎为零（他们自己是江南人啊，打着为民请命的旗号……）；对于已经出现旱灾的北方，则是横征暴敛，激起了李自成等人的起义。崇祯皇帝几次要求朝中大臣为朝廷捐款，几乎没有人愿意，前后收上来的捐款都是杯水车薪。可是李自成杀进北京城，随便一个大臣的家里都是数千两的白银。这就不难理解，崇祯皇帝为何在李自成杀进北京城的前夕，下令厚葬魏忠贤。

所以说，千万不要对明代宦官带有偏见。放在人类历史的发展历程中，他们是特定时代的特殊人群。但是在当时，他们也是普通人，有好有坏，不是完美的圣人，但也不都是恶人。我在这里说孙悟空象征着明代宦官，不仅没有抹黑孙悟空的意思，相反是带着非常大的敬仰的。

这样，我们就找到了第一条线索。而在现存最早版本的《西游记》"世德堂本"中，似乎又有更多的线索。

3. 世德堂本《西游记》中的线索

世德堂，用今天的话说就是"世德图书文化传播有限公司"，或者"世德出版社"，明代人管出版社叫"堂"。在世德堂本中，没有作者署名，但是有校对人员的署名——华阳洞天主人校。华阳洞天主人是谁，我们先别管。但是一部书，校对者的名号都流传下来了，作者被埋没了，多少有点不可思议。所以，我们可以大胆猜想，这部书的出版商知道作者是谁，但是不方便透露。

另外，今天通行的《西游记》版本非常单一，各个版本的《西游记》都差不多。与《水浒传》的又是百回本，又是百二十回本相比，显得太单一了。这也从侧面说明一个问题，《西游记》的成书、流传、出版间隔的时间不是很长。世德堂本出版的时间为万历二十年（1592 年），那么可以推测，这部书大约创作于隆庆末期到万历初期。

在这部《西游记》里，有两个可能暗示作者身份的地方：一个是书前的序，一个是出版商给书另加的一个情节——《荆棘岭悟能努力，木仙庵三藏谈诗》。

为这部《西游记》作序的人叫陈元之，南京人。而世德堂也恰巧就在南京，所以我们也可以猜测这部书的作者与南京有着一定的关系。

序中说："（《西游记》）不知其何人所为，或曰：出今天潢何侯王之国；或曰：出八公之徒；或曰：出王自制。"

这段话真的是个千古悬案，序作者说了这么几句云里雾里的话。越是这样遮掩，越是激起我们的兴趣，我们来逐一进行分析。

"出今天潢何侯王之国"，这句话有一个大歧义，到底是出今天的潢何侯王之国，还是今天的天潢何侯王之国，我们完全搞不清楚。最要命的是，压根没有这个国家或者封国！所以，我们只能把这句话当作谜语来看——天水黄何侯王之国，或者水黄何侯王之国。或者这根本就是序作者设下的迷魂阵，我们接下来看：

"八公之徒"，这又是一个歧义。八公，一般而言指的是西汉淮南王刘安手下的八个道家学派的门客。所以"八公之徒"又有两个含义："八公他们那些人"，可以理解为帝王的近臣；"八公的学生晚辈们"，可以理解为道士。

"出王自制"，这句话更邪乎了。一方面歧义，一方面不可思议。歧义上，既可以指"出自某个王爷自己"，也可以指"某个被废黜的王侯的作品"。不可思议之处在于，这部书是某个明代王爷的作品？

我们把这些线索综合一下就会发现，序作者确实有意隐瞒，告诉我们线索的同时也在给我们设下迷魂阵。首先，这部书绝对不是一个王爷的作品。书中借孙悟空之口说了这么一句话："皇帝轮流做，明年到我家。"试问作为皇室成员，会傻到让别人家做皇帝？而且在明代，王爷们身边都有一大帮子人看守着，连旅游都要上报当地官府，动笔写这么一部书，我想是没有胆子的。

其次作者是个道士的说法，也不大可能，这个联系本书内容就知道了，作者绝对不是个虔诚的宗教界人士。

那么，我们不妨把两条有用的信息综合到一起——一个被罢黜的帝王近臣！这下，貌似很多问题已经通了，甚至可以说豁然开朗。

回过头来看第一条线索，这个不存在的国家或封国——天潢何侯王之国，或者潢何侯王之国。我们先来看"侯王之国"，"国"在汉语文言中有两个意思：一指"邦国"，二指"都城、国都"，可引申为城市，例如杜甫诗"国破山河在"、《孟子》"在国曰市井之臣"。那么，侯王的城市，不就是宫吗？这又和前面对应起来了。

前面的"出今天潢何"，这个"出"也可以理解为罢黜。"出今天潢"则暗示是"今天子所罢黜的"，"潢"实际上就是"皇"的暗示，"何"就是某个，三个证据连在一起就是——

被当今皇帝所罢黜的、宫中的某个近臣！

我们再看下一个线索《荆棘岭悟能努力，木仙庵三藏谈诗》。按照明朝末年人盛于斯的记载："余幼时读《西游记》，至《清风岭唐僧遇怪，木棉庵三藏谈诗》（估计这哥们儿看的是书摊上买的，不是正版世德堂出版，要不就是自己把回目名字记错了），心识其为后人之伪笔，遂抹杀之。后十余年，会周如山云：'此样抄本，初出自周邸。及授梓时订书，以其数不满百，遂增入一回。先生疑者，得毋是乎？'盖《西游记》作者极有深意，每立一题，必有所指，即中间斜诨语，亦皆关合性命真宗，决不作寻常影响。其末回云：《九九数完归大道，三三行满见真如》……三三，九九，正合九十九回。"

也就是说，当初《西游记》是九十九回。而了解世德堂本的人都知道，世德堂本一共有二十卷，每卷五回，每卷都有一个字作为名字，连在一起正好凑成"月到天心处，风来水面时。一般清意味，料得少人知"这样一首五言绝句。九十九回，明显少了一回，所以世德堂的老板就命人加了一回，也就是这个《荆棘岭悟能努力，木仙庵三藏谈诗》。同样，很可能是这个陈元之代笔的。

这一回非常诡异，出现的妖精是《西游记》里最富有情调的妖精。他们找来唐僧不为别的，就为作诗，最后又来了一个杏妖要跟唐僧成亲，让唐僧放弃取经计划，永远待在木仙庵。

在这一回，"作者"完全在秀自己的诗，但是也有一些蛛丝马迹。这一节故事有四个老妖，即十八公（松精）、孤直公（柏精）、凌空子（桧精）、拂云叟（竹精），是四种大木成妖；一个女妖杏仙（杏花精），两个小女妖（丹桂精、蜡梅精），一个鬼使（枫树精），都是灌木、矮树。孙悟空点破他们身世的时候，猪八戒"不论好歹，一顿钉钯，三五长嘴，连拱带筑，把两颗蜡梅、丹桂、老杏、枫杨俱挥倒在地，果然那根下俱鲜血淋漓"，这里是否在暗示原作者身份是一个"六根不全"的宦官？

我们再大胆猜想一下：四个大木精，四个"木"，两个"林"，不就是"双林"吗？

我们再综合下所有的线索：作者对孙悟空这个角色倾注了非常大的心血，但是有意淡化"性"，孙悟空可能象征着宦官；陈元之的序中暗示，作者是一个"被当今皇帝（万历）所罢黜的某个官中的近臣"；世德堂本所添加的那一回情节中，暗示了作者是个六根不全的宦官，而且暗示"双林"。

4.《西游记》原文中对作者身份的暗示

我们把已经搜集的线索放一放，回过头来看原文。原文中对于孙悟空从出世到压在五行山下这段描写，无疑是作者凭空想象的，这里面必然包含了大量信息。

首先，孙悟空见到菩提祖师的时候，菩提祖师要给孙悟空取姓氏，说了这么一段话："你身躯虽是鄙陋，却像个食松果的猢狲。我与你就身上取个姓氏，意思教你姓'猢'。猢字去了个兽傍，乃是古月。古者，老也；月者，阴也。老阴不能化育，教你姓'狲'倒好。狲字去了兽傍，乃是个子系。子者，儿男也；系者，婴细也。正合婴儿之本论。教你姓'孙'罢。"

这更像作者在纠结怎么给主角起名字，这里头"老阴不能化育"，可能也暗示了作者自己的宦官身份，甚至有一些怨念在其中。

其次孙悟空的官职更是值得玩味——弼马温。在书中，弼马温是御马监的头子。可能很多人不知道，御马监，正是明代的宦官机构，是十二监之一。有掌印太监、监督太监、提督太监各一员，下有监官、掌司、典簿、写字等员。与《西游记》中描写的"他（孙悟空）在监里，会聚了监丞、监副、典簿、力士，大小官员人等"，是基本符合的。

这就更说明之前的猜想了，孙悟空这个形象象征着宦官，这里面可能暗示了作者自己曾经担任过的官职。但是有一点需要注意，御马监的一把手并不是"不入流"的小官，相反是掌握有军队、掌管马政的重要职务，有的时候直接兼任东厂一把手。

这样的肥差，在作者笔下却是这样：

正在欢饮之间，猴王忽停杯问曰："我这'弼马温'是个甚么官衔？"众曰："官名就是此了。"又问："此官是个几品？"众道："没有品从。"猴王道："没品，想是大之极也。"众道："不大，不大，只唤做'未入流'。"猴王道："怎么叫做'未入流'？"众道："末等。这样官儿，最低最小，只可与他看马。似堂尊到任之后，这等殷勤，喂得马肥，只落得道声'好'字；如稍有些尪羸，还要见责；再十分伤损，还要罚赎问罪。"猴王闻此，不觉心头火起，咬牙大怒道："这般藐视老孙！老孙在那花果山，称王称祖，怎么哄我来替他养马？养马者，乃后生小辈，下贱之役，岂是待我的？不做他！不做他！我将去也！"

这样的官衔，作者竟然认为不入流，为什么呢？作者其实已经用这一回的回目告诉你了——《官封弼马心何足，名注齐天意未宁》。大家看这一回的回目，从语法上说，缺乏主语，更像是作者自己写的某首诗里的对仗句子。

那么，是不是说，这个作者原先是御马监的头子，后来成为炙手可热的大人物？而且又被皇帝罢黜，历史上可以找到这样的人吗？

有，而且是非常吻合的人——嘉靖、隆庆、万历三朝元老，明朝宦官改革家，大太监冯保。

冯保，字永亭，号双林（木仙庵里暗示过）。隆庆元年提督东厂，兼管御马监。后来司礼监（明代宦官职权最大的机构，帮助皇帝起草诏书，作用堪比清代军机处）的掌印太监退休了，按理说应该是冯保上任了，可是偏偏隆庆皇帝不喜欢他，所以就一直在御马监干下去了（原著中"这样官儿，最低最小，只可与他看马。似堂尊到任之后，这等殷勤，喂得马肥，只落得道声'好'字"）。

隆庆六年，隆庆皇帝病危，临死之际，任命张居正、高拱、高仪为顾命大臣。次日，冯保晋升为司礼监掌印太监，成为整个张居正改革时期的二把手，并且协助李太后教育年仅十岁的新皇帝万历。

这不正是"官封弼马心何足，名注齐天意未宁"吗？

万历十年（1582年），张居正逝世，万历皇帝积压了多年的怨念和叛逆心理得以发泄，张居正带领的改革派立即跌入谷底。正好江西道御史又上书弹劾冯保，没多久，冯保就被贬谪到南京给朱元璋的陵墓（明孝陵）守陵。

最后问大家一个简单的问题：明孝陵在哪座山？去过的人肯定知道，在南京梅花山。梅花，有五个花瓣。而小说《西游记》里孙悟空是被压在五行山下，五行山，梅花山，大家可以联想一下。

时间上看，冯保是万历十年被贬谪到南京，《西游记》于万历二十年在南京世德堂出版，时间上吻合；陈元之序中所暗示"被当今皇帝所罢黜的某个宫中近臣"，身份吻合；世德堂所补第六十四回《荆棘岭悟能努力，木仙庵三藏谈诗》，暗示作者是个六根不全的宦官，而且提醒我们"双林"二字，与冯保的身份、名号吻合；《西游记》中对于孙悟空早期经历的描写，也与冯保本人经历有暗合之处。

最重要的是，冯保本人骄横跋扈，却又存有善心，能识大体，略通佛道，在文学艺术上也很有造诣。不仅古琴技艺让张居正折服（张居正的儿子都拜冯保为师学习古琴），著名的古画《清明上河图》上都有冯保的题跋，可以看出其文学功底和书法功底的不俗。就连最看不惯宦官的《明史》，都承认冯保有儒生的气质。

综合这么多的证据来看，冯保创作《西游记》可以说不足为奇。甚至《西游记》里的很多问题都迎刃而解，比如，《西游记》反映的历史地理就是本糊涂账，几乎只能当架空小说来看。如果作者是冯保，那么就不足为奇了，毕竟他不是科班出生的读书人。

当然，我承认，这一说法还缺乏一个有力的直接证据，那就是关于冯保创作《西游记》的直接记载。但是我相信随着时间的推移，会有越来越多的证据浮出水面，证明我的观点。至少我认为，这一假说的可信度高于"丘处机说"，哈哈。

引子：《西游记》的设定

1. 猴子的本领到底有多大？

很多人看《西游记》，尤其是看了电视剧之后，总觉得这个小说没看头。孙悟空大闹天宫的时候几乎天下无敌，到了西天取经的时候，动不动就要请神仙来帮忙。实际上真的是这样吗？我们不妨依照原著，先找几个反映实力对比的系数，然后看看孙悟空的实力究竟如何。

首先，是法力，也就是变化、识别妖魔、飞沙走石、分身、定身等特殊技能。

其次是武力，也就是力量、武艺、防御力（铜头铁臂、刀枪不入什么的）等，说白了就是打架的技能。

再次是敏捷度，也就是飞行的速度、逃脱的技巧、智慧等。

最后是法宝，这个很关键，不仅包括实体的法宝，也包括自带的特殊攻击属性，比如红孩儿的三昧真火、蝎子精的毒、多目怪的光。

孙悟空的法力，跟天庭的官僚们（及其势力）相比，那是非常了得。法力上唯一能跟他并驾齐驱的似乎只有二郎神，在他与二郎神单挑的过程中，二郎神的法眼高孙悟空一筹。而在孙悟空练就火眼金睛之后，法力上与二郎神的差距明显缩小甚至消失了。也就是说，这时孙悟空的法力，是与二郎神并驾齐驱的。二郎神在天庭官僚中，属于军阀势力（听调不听宣），而他的兵力并不雄厚，可见其法力在天庭官僚中算得上翘楚。因此孙悟空的法力，跟天庭其他官僚相比，有着明显的优势。

当然，在一些专业技能上，孙悟空相对要差一点。比如求雨，车迟国斗法的时候，虎力大仙只需要烧一道文书，玉帝就知道了，然后下旨降雨。虽然孙悟空烧一道文书未必没用，但是至少在这个技能上孙悟空有些欠缺。再比如就是负重，孙悟空可以用蛮力挥舞自己的金箍棒，却不能用法力扛起观音菩萨装了整个南海海水的瓶子。

但是，这不妨碍孙悟空的法力在《西游记》里处于中等偏上的水平，不过跟各类高级真人（太上老君、东极大帝、镇元子等），各类高级佛、菩萨相比，还有一些差距。

而孙悟空的武力，相信大家是有目共睹的，几乎没有妖怪和神仙可以在与孙悟空单挑的过程中占到便宜。细数整部《西游记》，单纯跟孙悟空在非水下的环境以法力、武力和敏捷度单挑，能够真正打成平手的只有二郎神（还是孙悟空没有火眼金睛的时候），琵琶精、九头虫、黄眉怪、大鹏雕能够险胜孙悟空，唯一能够真正胜他的只有九灵元圣。

当然，孙悟空的武力，更多的是消耗战。孙悟空是刀枪不入的金刚不坏之躯，就算对方武力稍微强点，拖也把对方拖得累倒了。所以书中经常是战了多少回合还不分胜负。破孙悟空这种体能无限、防御力超强的角色，要么有着同样的武力，要么就是九头虫、九灵元圣这种可以多向攻击的多头怪物。不管怎么说，斗战胜佛这个封号，绝非谬赞之词。

敏捷度自然不用说了，《西游记》里，速度上只有大鹏雕能够胜他。孙悟空的武力与二郎神不相上下，法力上输他一点（当时孙悟空还不能识别变化），能够打成胶着，跟孙悟空的速度有很大的关系。在《西游记》里，虽然孙悟空无数次被各种法宝困住，但是都能全身而退。妖怪中唯一能够在速度上超过孙悟空的只有大鹏雕，逃脱技巧上也只有无底洞的白鼠精可以跟孙悟空媲美（但是战斗力太渣）。

法宝，这是孙悟空心中永远的痛，西行路上也一直吃各种法宝的亏。孙悟空身上只有五样法宝，按照得到的时间排序，依次为：金箍棒，大闹龙宫所得；瞌睡虫，就任齐天大圣时，分别在东天门、北天门与增长天王、护国天王赌博赢来的；《紧箍儿咒》，这个不用说了，对提升实力没有丝毫作用；三根救命毫毛，观音菩萨所赠；定风丹，和灵吉菩萨借过一次，在孙悟空借芭蕉扇的时候，直接送给孙悟空了。

在这五样法宝中，金箍棒的作用自然不必说，但是也只能算一件上好的兵器；瞌睡虫，孙悟空身上带得极少，不到万不得已都用毫毛变出的瞌睡虫代替，用的时候还要考虑留一两个做种；救命毫毛，其实他自己的毫毛不比这个毫毛差；定风丹，确实是个好宝贝，但是后来也没多少风属性的攻击了。

我们来综合一下，孙悟空的法力是中等偏上，武力是高手，敏捷度是超一流高手，但是法宝非常普通勉强算中等。可见，孙悟空还是可以算得上是数一数二的高手，实力绝不能小看。至于为什么西行路上总是需要人帮忙，后面会为大家分析。

2. 谁是《西游记》里最厉害的角色

我们说到这里，不妨来看看，谁是《西游记》里最厉害的角色。如果只看电视剧而不看原著，想必很多人都会认为最厉害的是西天如来佛祖。实际上，还有一个实力远在如来之上的人物——太上老君。

此话一出，可能会有人大跌眼镜。首先，太上老君是天庭真人派的领袖人物。我们仔细看《西游记》就会发现，天庭有两个明显的派系，一个是官僚派，他们有着各种各样的官职，但是实力并不是特别高超；一个就是真人派，真人派的实力，在《西游记》里有过一两次冰山一角的显露，后面会详细说，这里不剧透。

至于佛派，只是太上老君扶持出来的一个新兴势力而已。第六回中，太上老君就对观音说道：

"这件兵器，乃锟钢抟炼的，被我将还丹点成，养就一身灵气，善能变化，水火不侵，又能套诸物；一名'金钢琢'，又名'金钢套'。当年过函关，化胡为佛，甚是亏他。早晚最可防身。等我丢下去打他一下。"

看到没有，化胡为佛，点化胡人建立了佛教。而为何这个时候太上老君与观音说出这番话，咳咳……不剧透，不剧透。

其次，《西游记》里，太上老君所造的法宝是数不胜数，稍微有点实力的法宝几乎都是直接或者间接源于太上老君的八卦炉或者法力。

那么，既然太上老君是最厉害的，为什么会在《西游记》中被孙悟空给摔倒？甚至八卦炉都被推倒了？为何后来又一直对孙悟空那么客气呢？

除了这些，想必大家还有更多的疑问。接下来，我就带着大家分享我的读书札记，一同去探究《西游记》的奥秘。而且，我建议大家在看我的作品的同时，能够搭配着一本《西游记》原著一起看，这样也好方便理解。

《西游记》卷首诗与猴王出世

诗曰：

混沌未分天地乱，茫茫渺渺无人见。

自从盘古破鸿蒙，开辟从兹清浊辨。

覆载群生仰至仁，发明万物皆成善。

欲知造化会元功，须看西游释厄传。

四大名著中的卷首诗词，流传度最广的莫过于《三国演义》的《临江仙》（滚滚长江东逝水）。然而有意思的是，这首词的作者是杨慎，比《三国演义》的成书晚了一两百年，而且原是词作者感慨秦汉历史而作，直到清代，才被毛宗岗父子定为该书的卷首词。而该词在被选为《三国演义》的卷首词之前，已经有了一定的传唱度，其本身文学价值就极高，所以这首词的流行也就在情理之中了。

相比较而言，《西游记》的卷首诗的传唱度显得逊色很多，但是却是真正的第一手资料，对于我们看懂全书有着至关重要的作用。

首先，这首诗表达了作者的终极信仰——天地。诗的前三联说：混沌未开的时候，天地一片混乱，历史很久远，没有人亲身经历过那一切。直到盘古出世，开天辟地，清者上升成为天，浊者下降成为地。天覆盖着万物生灵，地承载着万物生灵，同时也是天地创造了这些万物，只有天地可以称得上至仁至善。

这样的信仰，也代表了绝大多数的中国人。传统的中国人其实都是无神论者，我们不相信神仙，我们只是敬重神仙，天地才是我们的终极信仰。我们遇到不可思议的事情，会高呼："哦！我的天哪！"就如同基督教世界所说的"Oh！My God！"。我们对天地的信仰，就如同基督教世界对"God"的信仰，这种信仰是深植于我们的骨髓的。孔子不语怪力乱神，却依然相信他五十岁那年"知天命"。

所以，既然终极信仰是天地，那么对于神仙则更多的是一种敬仰。如果不敬仰呢？或者敬仰之中带着戏谑会怎样呢？哈哈，或许作者就是带着这样的疑问，以实验的心态，创作了这部旷世奇书——《西游记》。

其次，诗的最后一联，对于整部书的解读至关重要，因为这一句直接点明了书的主旨。

"欲知造化会元功，须看西游释厄传。"

造化，就是大自然自身发展的能力，我们也可以将这个词理解为"命运"的意思。比如一个人走了好运，我们会说："这真是他的造化。"如果一个人倒霉透顶，跟韩剧似的要死要活，我们会说："造化弄人啊。"差不多就是这个意思。

会元，说起来这个词与我还算有缘。我原本看书也是一笔带过，这些看起来对情节不重要的诗词什么的，看不懂的自然是略过，所谓"好读书，不求甚解"嘛。但是，不凑巧，我在世的曾祖母名字就叫"会元"。我的曾祖母生于清朝宣统三年（1911年），是百岁老人，身体至今都很健康，我还是婴儿的时候就是她照顾的。

"会元"是时间单位。古代，一世为三十年，一运为十二世，一会为三十运，一元为十二会。那么在这里，差不多就是指很长的、漫长的岁月。

那么这句诗的理解就应该是这样的：想知道在一个漫长的岁月里，命运所发挥的作用，那么请看看这部《西游释厄传》吧。《西游释厄传》，是作者给这部书起的名字，翻译成白话就是"西天取经路上解决厄运的故事"。

也就是说，《西游记》是一部阐述命运的书。那么相信看完全书，就一定能体会作者这句用心良苦的教诲。

卷首诗之后，是看似成段成段的废话。但是第一段对于时间的解释，可以看作对命运这一主题的再一次强调。无论是一天之内发生的自然现象，还是宇宙天地初生后时间万物的形成，都有其客观存在的规律，甚至是宿命。

后一段或许可以看作《西游记》的地理位置设定，就好像现在有的玄幻小说还出地图册一样。在《西游记》的世界里，有四大洲，而"这部书单表东胜神洲"，则点明主角是东胜神洲人，也就是孙悟空。仅这一句话，就可以让无数对于《西游记》主角究竟是谁的曲解化为谬论。

第一个情节就是猴王出世。相比较《水浒传》和《三国演义》，《西游记》的主角实在是太单一，就一个孙悟空，然而这也

《西游记》卷首诗与猴王出世

更符合小说的发展趋势。这个石猴很神奇，不仅原先的石头神乎其神，而且石猴一出生就会行走，还拜了四方，目运金光，连玉帝都被惊动了，这明显是在为后面的情节做铺垫，也彰显了命运的主题——他注定不是凡人，哦不，凡猴。

虽然书中说石猴没多久就和其他猴子打成一片，但是实际上并非如此，这个石猴非常想得到大家的承认。也正是这种心理，让石猴成了花果山水帘洞的洞主，猴子们的绝对领袖，并且有了第一个称号——"美猴王"。

美猴王在水帘洞足足快活了三五百年的时间（按照后文，是三百多年）。这里肯定有人觉得奇怪，为何孙悟空这么长寿？实际上，由于科学知识的缺乏，古人认为猴子是和乌龟一样的长寿物种。华佗模仿长寿动物动作创立的五禽戏，就是熊、虎、猿、鹿、鸟（实际上这几种动物的寿命最多的也就五六十年）。

但是，美猴王却觉得这样的生活不能够继续，早晚还得死，实在是可惜，接连叹息。于是蹦出一个通背猿猴出来在领导面前彰显自己的学识，"厉声高叫"地给他灌输神仙可以长生不老的迷信思想。美猴王当真了，一再追问，并且当即下定决心去寻仙访道，求个长生不老之术。

这里头有明显的讽刺，美猴王作为猴子的王，已经在位三百多年了，依旧想着长生不老。而人间的帝王呢，虽然中国历史上能够在位三十年的屈指可数，但是多少皇帝都有着一样的长生不老的梦想？不同的是，这个美猴王愿意放下一切去寻仙访道，不怕千辛万苦，而皇帝们顶多是在皇宫内院修炼所谓的丹药而已。联系到明代的实际情况，确实有一个皇帝带着这样的荒唐美梦做了一些荒唐事，这就是嘉靖皇帝。而在后面"车迟国"的情节中，车迟国国王的很多行为与嘉靖皇帝也有一些神似之处，可见作者对嘉靖皇帝那种深深的怨念。

菩提祖师是怎么回事

孙悟空从东胜神洲到达南赡部洲，唯一的收获就是学会了人的语言和礼仪，差不多算是成了一个半人半兽的东西，这也是后面故事得以展开的前提。

这里的南赡部洲可能暗讽明代江南地区。在书中，南赡部洲本身就是以"华夏"为原型（但是不可当真，毕竟是玄幻故事）。"见世人都是为名为利之徒，更无一个为身命者"，可能就是讽刺当时江南地区在资本主义萌芽阶段所出现的社会现象。而后面的一首七律也很有意思。

> 争名夺利几时休？早起迟眠不自由！
> 骑着驴骡思骏马，官居宰相望王侯。
> 只愁衣食耽劳碌，何怕阎君就取勾？
> 继子荫孙图富贵，更无一个肯回头！

按照我之前的推论，《西游记》的作者是明代大太监冯保，那么这首诗的作者理应也是他。大家可以明显看出，作者对当时的文官势力有多深的怨念。颔联那一句"官居宰相望王侯"，有可能讽刺的就是那些好大喜功、攀龙附凤的内阁大臣，也可能是反讽"高启愚案"。

"高启愚案"，实际上就是一群闲着没事、吃饱撑的言官闹的一个笑话。在张居正执政时，礼部侍郎高启愚去南直隶主持乡试，出了一道题叫《舜亦以命禹》。就是让考生针对舜禅让给大禹这个事件做出自己的评价。这本是一道历史题，结果张居正一死，言官们蜂拥而起，寻找张居正及其手下的污点。就这么一个小事，都被说成是高启愚暗示让张居正当皇帝。

而最后一联的"继子荫孙"，或许还有作者特殊身份的酸葡萄心理在其中。

实际上，孙悟空求仙的情节，也是一次西游。也就是说，《西游记》里其实是有两次西游的。这次西游中，孙悟空最后也到达了西牛贺洲，只不过他走的是水路。在西牛贺洲，孙悟空见到了他的第一个师父，也是真正意义上的师父——菩提祖师。

这个人物在《西游记》里可以说是最神秘的，不仅见首不见尾，与孙悟空一同学习的师兄弟们后来也都没出现，在书中也就在第一回、第二回跑了个龙套，戏份还不如后来的结拜兄弟牛魔王多。所以关于这个人的身世，向来众说纷纭。我搜集了一下，大致有这么三种相对靠谱的说法（以《封神榜》的神仙系统套用到《西游记》的一切说法，我一概不认同）：

一、如来说。这种观点在"厚黑学西游记"中非常流行，在原著里有一些蛛丝马迹，但是疑点也颇多。

二、如来弟子说。在佛教发展史上，释迦牟尼确实有一个叫须菩提的弟子，在其十大弟子中"解空第一"，"解空"与"悟空"，似乎有些联系。

三、太上老君说。这个观点明显缺乏有力证据，疑点太多。

对于这些说法，我觉得都是陷入了一个作者安排的陷阱里。我们不妨仔细看看在遇到菩提祖师前的一个细节：

忽闻得林深之处，有人言语，急忙趋步，穿入林中，侧耳而听，原来是歌唱之声。歌曰："……"美猴王听得此言，满心欢喜道："神仙原来藏在这里！"即忙跳入里面，仔细再看，乃是一个樵子，在那里举斧砍柴。……

猴王近前叫道："老神仙！弟子起手。"那樵汉慌忙丢了斧，转身答礼道："不当人！不当人！我拙汉衣食不全，怎敢当'神仙'二字？"猴王道："你不是神仙，如何说出神仙的话来？"樵夫道："我说甚么神仙话？"猴王道："我才来至林边，只听的你说：'相逢处，非仙即道，静坐讲《黄庭》。'《黄庭》乃道德真言，非神仙而何？"

樵夫笑道："实不瞒你说，这个词名做《满庭芳》，乃一神仙教我的。那神仙与我舍下相邻。他见我家事劳苦，日常烦恼，教我遇烦恼时，即把这词儿念念。一则散心，二则解困。我才有些不足处思虑，故此念念。不期被你听了。"猴王道："你家既与神仙相邻，何不从他修行？学得个不老之方？却不是好？"樵夫道："我一生命苦：自幼蒙父母养育至八九岁，才知人事，不幸父丧，母亲居孀。再无兄弟姊妹，只我一人，没奈何，早晚侍奉。如今母老，一发不敢抛离。却又田园荒芜，衣食不足，只得斫两束柴薪，挑向市廛之间，货几文钱，籴几升米，自炊自造，安排些茶饭，供养老母，所以不能修行。"

猴王道："据你说起来，乃是一个行孝的君子，向后必有好处。但望你指与我那神仙住处，却好拜访去也。"樵夫道："不远，不远。此山叫做灵台方寸山。山中有座斜月三星洞。那洞中有一个神仙，称名须菩提祖师……"猴王用手扯住樵夫道："老兄，你便同我去去。若还得了好处，决不忘你指引之恩。"樵夫道："你这汉子，甚不通变。我方才这般与你说了，你还不省？假若我与你去了，却不误了我的生意？老母何人奉养？我要斫柴，你自去，自去。"

这个情节其实完全可以去掉，不用搞得这么复杂，直接写孙悟空碰到个庙宇不就行了？再者，这个樵夫的疑点太多了。一个普通的樵夫，怎么就跟神仙搞好了关系？一个普通的樵夫见了孙悟空这样的"毛脸雷公嘴"竟然不害怕？

实际上，作者创作这个情节的意图，就在于他暗示我们"菩提祖师"这个人的真相。这个樵夫一再强调自己要砍柴奉养老母，而且正是因为要奉养老母才不得修行。百善孝为先，这是对的。如果大家对中国历史上的孝子故事熟悉的话，想必已经想到了一个人，就是唐代高僧禅宗六祖惠能。

与这里的樵夫一样，高僧惠能也是年少丧父，家境贫寒，虽然想出家追求佛法，但是为了孝道，长期在家砍柴卖柴赡养自己的母亲。直到攒了足够的钱财粮食给母亲，才到湖北黄梅（惠能是广东人）去找禅宗五祖弘忍法师请教佛理。

而作者为何要以历史上真实存在的一个大法师为原型，写一个龙套呢？这个惠能法师与书中的菩提祖师有什么关联呢？

其实，单说"惠能法师"这四个字，想必没多少人有印象，但是提到他的代表作《菩提偈》，那肯定所有人都耳熟能详："菩提本无树，明镜亦非台。本来无一物，何处惹尘埃。"

这里其实就是作者的暗示：不要当真，这个菩提祖师根本就不存在，或者说压根不是一个实体，而是孙悟空经历的幻象！

而樵夫提到的地名，更是明摆着的暗示："灵台方寸山，斜月三星洞。""灵台"暗喻"明镜亦非台"；"方寸"这个词，就有心思、心神、脑海的意思，比如"方寸大乱"；"斜月三星"则是一个字谜，无非还是"心"。

不仅这里出现了"心"，在《西游记》里，"心"这个概念出现了无数次，而且后面的情节中更点明了孙悟空就象征着人的"心"。有必要提一下，在《西游记》成书之前，有个伟大的思想家也在反复强调"心"，这个人就是王守仁，也就是阳明先生。那么《西游记》有没有阐述"心学"奥义的成分呢？所谓的"造化会元功"，又与"心学"奥义有何关系？仔细看后面的情节，这些问题自然会迎刃而解。

既然如此，事情已经很明显了，菩提祖师，无非是某个绝世高手为孙悟空安排的一场幻象。孙悟空在这个幻象里学会了各种法术！而且，要营造这样一个幻象一点也不难，此时的孙悟空还没有火眼金睛，随便一点障眼法或者变化就足以让这个天真的猴子信以为真。

安排这个幻象的绝世高人是谁呢？菩提祖师究竟是何人所化？看来只有联系后面的故事，才能做出判断。

多么痛的领悟……

　　孙悟空在三星洞里的生活比较辛苦，小和尚小道士基本上都这样。不过，我在上一节中提出的菩提祖师的猜想，倒是有一个说法在第一回的情节中还无法反驳，那就是"如来弟子说"。

　　如来弟子正好有个叫须菩提的，名字起得这么配合，这比较麻烦。但是在第二回中，则充分说明这个观点是不成立的。请看这段描述菩提祖师讲课的原文：

　　天花乱坠，地涌金莲。妙演三乘教，精微万法全。慢摇麈尾喷珠玉，响振雷霆动九天。说一会道，讲一会禅，三家配合本如然。开明一字皈诚理，指引无生了性玄。

　　又是道家又是佛家，甚至还有儒家（三家配合），如果他是如来弟子，也忒不给如来面子，公然宣扬异教徒的说法，这要是中世纪的欧洲，这会儿就该架起十字架，燃起火堆准备处以火刑了。那么，这里也给我们提供了一个设想：安排这个幻象的，可能不是一个人，而是佛道两家相互配合，协同作战。还是那句话，不剧透，往后看。

　　这个时候，孙悟空已经学习了七年的理论知识，估计"道可道"和"揭谛揭谛"都背得滚瓜烂熟了，但是这与法力无关，否则咱们人人都有法力了，而且唐僧的法力也会很高（实际上唐僧的法力是0）。联系当时的时代背景，这就是对万恶旧社会中各种神棍的讽刺。

而后面的那些话，分明就是在继续黑热衷长生不老的嘉靖皇帝。这皇帝老儿整天就跟着一群道士炼丹、诵经，自以为这样就可以延年益寿了。作者借菩提祖师之口表明了对这种行为的观点：

"若要长生，也似'壁里安柱'。"悟空道："师父，我是个老实人，不晓得打市语。怎么谓之'壁里安柱'？"祖师道："人家盖房，欲图坚固，将墙壁之间，立一顶柱，有日大厦将颓，他必朽矣。"……

悟空道："这般也能长生么？"祖师道："也似'窑头土坯'。"悟空笑道："师父果有些滴沰。一行说我不会打市语。怎么谓之'窑头土坯'？"祖师道："就如那窑头上，造成砖瓦之坯，虽已成形，尚未经水火煅炼，一朝大雨滂沱，他必滥矣。"……

"此欲长生，亦如'水中捞月'。"悟空道："师父又来了！怎么叫做'水中捞月'？"祖师道："月在长空，水中有影，虽然看见，只是无捞摸处，到底只成空耳。"……

那些雕虫小技能不能长生不老，其实说到底就三个字——逗你玩。不过作者安排这样一段话，也不仅仅是黑一黑嘉靖皇帝。一下子提到了这么多的暗语，也是为了引出下面的一段暗语，想必大家耳熟能详——脑门上打三下，把中门关上。

打三下，暗示打三更的时候（过去城市里夜间报时都是敲梆子，孙悟空在南赡部洲生活了十几年，这点常识还是有的），中门关上，暗示从后门进来。

接下来的事情，没啥可说的。

孙悟空学会了长生不老之法，而和菩提祖师的对话里，孙悟空也打了一个暗语："此间更无六耳。"也就是说这里没有第六只耳朵，就咱俩，想教我什么请随意。请留心这里的"六耳"。

三年后，为了防御所谓的"三灾利害"，孙悟空又学会了七十二变。而这里的"三灾利害"，成为"厚黑西游记学说"的理论依据之一。"厚黑西游记学说"认为，一般神仙活不过五百岁，所以每五百年就要吃一次蟠桃，天庭以此控制诸神；而唐僧十世修行，也是为了供应唐僧肉以维持佛派诸神的寿命（唐僧肉的事情，后面我也会说到）。

这显然是捕风捉影。"三灾利害"在原文中描写如下：

虽驻颜益寿，但到了五百年后，天降雷灾打你，须要见性明心，预先躲避。躲得过，寿与天齐；躲不过，就此绝命。再五百年后，天降火灾烧你。这火不是天火，亦不是凡火，唤做'阴火'。自本身涌泉穴下烧起，直透泥垣宫，五脏成灰，四肢皆朽，把千年苦行，俱为虚幻。再五百年，又降风灾吹你。这风不是东南西北风，不是和薰金朔风，亦不是花柳松竹风，唤做'赑风'。自囟门中吹入六腑，过丹田，穿九窍，骨肉消疏，其身自解。所以都要躲过。

最重要的是，这仅仅是菩提祖师的一面之词，而且有自相矛盾的地方——既然躲过雷灾就可以寿与天齐，为何再过五百年还有火灾？很显然，这段话的目的，只是为了继续推销他的另一项法力——七十二般变化。后来又传给孙悟空筋斗云。这两项法术，也差不多足够孙悟空"一招鲜吃遍天"，但是孙悟空真的长生不老了吗？

接下来的一件事，也充分说明了所谓的"三灾利害"不存在——孙悟空死了。在第三回，孙悟空大闹龙宫拿了金箍棒之后，还有一个大闹地府的情节。

也就是说，孙悟空学习的所谓的长生不老是假的！孙悟空一开始到地府就觉得非常的奇怪，他很自豪地宣称："我老孙修仙了道，与天齐寿，超升三界之外，跳出五行之中……"但是拿来生死簿一看，上面很明确地写着：（孙悟空）乃天产石猴，该寿三百四十二岁，善终。

啊……多么痛的领悟……

我们再回顾一下菩提祖师赶走孙悟空的时候说的那几句话："你这去，定生不良。凭你怎么惹祸行凶，却不许说是我的徒弟。你说出半个字来，我就知之，把你这猢狲剥皮锉骨，将神魂贬在九幽之处，教你万劫不得翻身！"

为何他就一口咬定孙悟空"定生不良"呢？很简单，因为孙悟空根本就没办法长生不老。所谓的长生不老，就是要靠自己的法力、武力和强权去争取。实际上，从这个时候开始，孙悟空就已经卷入了一场权力斗争中。

在地府，孙悟空的"三观"被颠覆了，以前那个"我无性。人若骂我，我也不恼；若打我，我也不嗔，只是陪个礼儿就罢了。一生无性"的石猴，彻底变成了一个愤怒的妖王。他在地府不仅涂改了自己的生死簿，还把生死簿上所有的猴子都给一笔勾销，所有的猴子都不归地府管了。

大闹龙宫、地府，没多久这些事儿都被上报给了天庭。而孙悟空在花果山也打败了平生遇到的第一个妖怪——混世魔王，成为整个花果山的盟军头目，手下嫡系有两个马猴元帅，四个老猴健将，还有崩芭二将，好几万猴子兵；盟军有花果山的七十二洞妖王，在海外与牛魔王等六个兄弟保持着密切的关系。这样大的实力，可以说是天庭不得不忌惮的（当然，那些腐朽的官僚或许还不知道这些）。

　　总之，天庭政府军和东胜神洲的妖怪联盟军，肯定是有一场大仗要打了。

多么痛的领悟……

天兵天将为何是战五渣？（上）

　　龙王和阎王向天庭告状，这是天庭的第二次登场。第一次是孙悟空刚出生的时候，目运金光惊动了玉帝。两次有一个共同的特点，那就是玉帝讨论事情，都只和"文武仙卿"一起商量。

　　这里的暗示什么的，我们暂且不管。我们可以看到，天庭对于自己军队的战斗力，有着充分的不自信。玉帝说："你们哪个去下界收服啊？"话还没说完，太白金星就蹦了出来，说："咱们还是谈谈招安的事情吧……"

　　可见，这些官僚对于军队的战斗力有着一定的了解，反而玉帝有着一种不知哪来的自信。这里为天庭后来军事围剿的狼狈埋下了伏笔。

　　但是，与腐朽的官僚们相比，玉帝则显得有些可爱。玉帝是个很在意自己形象的君主，特意营造出一种自己非常礼贤下士的姿态，对孙悟空也还算"恩遇"：

　　玉帝垂帘问曰："那个是妖仙？"悟空却才躬身答应道："老孙便是！"仙卿们都大惊失色道："这个野猴！怎么不拜伏参见，辄敢这等答应道：'老孙便是！'却该死了！该死了！"玉帝传旨道："那孙悟空乃下界妖仙，初得人身，不知朝礼，且姑恕罪。"

众仙卿叫声"谢恩！"，猴王却才朝上唱个大喏。

官僚们也都心照不宣，让皇帝老儿玩得很开心，沉浸在自己营造的良好气氛中。但是，给孙悟空的官职却是个看管御马监的弼马温。御马监的意思，我在之前的《〈西游记〉作者大猜想》中已经说过。这里的弼马温，也很值得玩味。

弼，就是辅佐的意思；而"温"，则暗示孙悟空是个瘟神。辅佐马的瘟神。其实这里有个典故，也表明了玉帝对孙悟空的一种嘲讽和玩弄的心态。

在明代，很多人养马，喜欢在马群里面放一只猴子，那个时候认为这样可以预防马得疾病，所以戏称猴子为弼马温。大家看玉帝的原话：

旁边转过武曲星君，启奏道："天宫里各宫各殿，各方各处，都不少官，只是御马监缺个正堂管事。"玉帝传旨道："就除他做个'弼马温'罢。"众臣叫谢恩，他也只朝上唱个大喏。

玉帝的回答中，那种随意的态度跃然纸上。要晓得，弼马温只是玉帝随口的"封号"，而不是御马监的正式职工、一把手的官名。也就是说，孙悟空是个临时工！

当然，孙悟空并不在意，一来不懂这些人情世故，反而觉得玉帝对自己不错。二来压根没搞清楚自己是没有正式编制的临时工。所以孙悟空工作起来勤勤恳恳，上任才半个月，工作成果就非常显著，单位里为了庆祝，还特地搞了聚餐。用书中的说法，一是给孙悟空接风，二是给孙悟空贺喜，这个贺喜，估计是恭喜他快要成正式工了。

当然，接下来的战争就是因为这次聚餐引起的。孙悟空知道了这个官职的真相，受不了委屈，回到花果山继续做自己的妖王。这下，战争开始了，有好戏看了。

最为重要的是，如果说一开始孙悟空回花果山只是为了占山为王做个军阀的话，那么两个独角鬼王的出现则让孙悟空坚定了"革命"的信心与决心。人都是这样，一旦身边吹牛皮的、拍马屁的多了，就不知天高地厚了。

这两个鬼王也有意思，前来投奔的时候，说是为了庆祝孙悟空在天庭得了官职（哪壶不开提哪壶，后来"弼马温"三个字成了孙悟空一辈子的逆鳞），特地带了一件赭黄袍做见面礼，很有黄袍加身的即视感。在这两个鬼王的建议下，孙悟空自封"齐天大圣"，而这两个鬼王也被孙悟空封为前部总督先锋。

在众人对孙悟空的告状声中，战争爆发了。天庭剿匪总指挥托塔李天王带着儿子哪吒开开心心地去花果山捞军功。带上了巨灵神做先锋，鱼肚将掠后，药叉将催兵，用孙悟空的话说都是一帮子"毛神"，无名小卒，一听名字就知道没啥战斗力。其实这一仗的目的，完全是李天王让自己的儿子立功。

巨灵神作为先锋找孙悟空单挑——别忘了《西游记》里孙悟空可是单挑王，这么个毛神遇到孙悟空只有死路一条。结果当然是被孙悟空秒杀。

接下来是哪吒过来单挑取得阶段性的胜利后，孙悟空的自信心开始有点膨胀——与巨灵神战前的对话，只是提到了如果能依他的想法，封他做齐天大圣，就可以谈谈招安的事宜；在跟哪吒对话的时候，不仅提了这个要求，还让哪吒先砍几剑。当然，孙悟空也不是傻子，一见哪吒变出了三头六臂，知道不好惹，先砍几剑的话也就不当真了。孙悟空也变出了三头六臂，与哪吒撕打。这一仗，算得上《西游记》里第一场大战，毕竟哪吒不是等闲之辈。

他俩整整斗了三十个回合，一边斗武力，一边斗法力，两人的武器变作千千万，在天上就跟雨水一样密密麻麻，武器之间互相打起了空战，僵持下来。可惜孙悟空的分身术比哪吒的要先进。哪吒只有三头六臂，而孙悟空可以完全地分身。一根毫毛变一个假悟空瞒过了哪吒，真悟空跑到哪吒后面朝着他的左胳膊一棍子打下去，哪吒败逃。

在这一点上，也可以看出哪吒的实力确实不算低，能挨一下金箍棒而没有致命伤，只是"负痛逃走"，真的不简单。

有意思的事情发生了。大家看一下，巨灵神失败后，李天王的反应：

巨灵神回至营门，径见托塔天王，忙哈哈下跪道："弼马温果是神通广大！末将战他不得，败阵回来请罪。"李天王发怒道："这厮锉吾锐气，推出斩之！"旁边闪出哪吒太子，拜告："父王息怒，且恕巨灵之罪，待孩儿出师一遭，便知深浅。"天王听谏，且教回营待罪管事。

哪吒败逃之后，李天王却显得非常护短：

那阵上李天王早已看见，急欲提兵助战。不觉太子倏至面前，战兢兢报道："父王！弼马温真个有本事！孩儿这般法力，也战他不过，已被他打伤膊也。"天王大惊失色道："这厮恁的神通，如何取胜？"太子道："他洞门外竖一竿旗，上写'齐天大圣'四字，亲口夸称，教玉帝就封他做齐天大圣，万事俱休；若还不是此号，定要打上灵霄宝殿哩！"天王道："既然如此，且不要与他相持，且去上界，将此言回奏，再多遣天兵，围捉这厮，未为迟也。"太子负痛，不能复战，故同天王回天启奏。

你看，李天王不仅想提兵去营救，还大惊失色，心疼自己的儿子受伤，就干脆把孙悟空的谈判条件作为战果回去禀报，草草地结束了这场战争。父爱固然伟大，但是李天王同志，你这么护犊子，你的部下知道吗？这样腐朽的军队，自然是没有战斗力的。

玉帝略显昏庸，官僚们胆小怕事，军队腐朽不堪。当然，明代万历朝后期之前还没有这么烂，毕竟万历三大征还是打赢了的。文人讽喻，有点夸张也很正常，何况孙悟空也确实是天庭的劲敌，真要以这样的团队去打，估计还不够他一个人单挑的。

当然，按照本书对嘉靖皇帝的怨念，这里也可能讽刺的是嘉靖朝的事情（冯保也确实在嘉靖朝一直不得志）。嘉靖皇帝虽然谈不上太昏庸，但是身边的首辅大臣严嵩确实是一个胆小怕事的人，不求有功但求无过，每次提到打仗就头疼。在嘉靖朝的某一段时期里，卫所兵已经烂掉（卫所兵的很多军官就是世卿世禄，世代当军官，跟八旗似的，不烂才怪），戚家军等野战军还没有组建，军队战斗力也确实不行。

天兵天将为何是战五渣？（下）

　　天庭围剿的失败，助长了以孙悟空为首的花果山妖精集团的嚣张气焰，不仅孙悟空以齐天大圣自居，另外的六个兄弟也都以大圣自居，包括后面出现的牛魔王，他自称平天大圣。

　　按照一般的逻辑，这样的大逆不道，而且公然对抗天庭政府军，应该会招来更大规模的围剿，而且前来征伐的将领法力武力都会更高。但是在哪吒启奏说自己都负伤的时候，玉帝不禁吃了一惊——毕竟这个小将还是很猛的。玉帝下令，添兵加将，再战花果山。

　　其实此时，一场阴谋悄悄地开始了。大家想一想，孙悟空封了齐天大圣之后，为何去看管蟠桃园？封孙悟空一个闲职原本不挺好的吗？实际上，这是个连环计，大家听我娓娓道来。

　　第一计，招安，有官无禄，哄骗玉帝招来孙悟空。请看原文：

　　正说间，班部中又闪出太白金星，奏道："那妖猴只知出言，不知大小。欲加兵与他争斗，想一时不能收伏，反又劳师。不若万岁大舍恩慈，还降招安旨意，就教他做个齐天大圣。只是加他个空衔，有官无禄便了。"玉帝道："怎么唤做'有官无禄'？"

金星道："名是齐天大圣，只不与他事管，不与他俸禄，且养在天壤之间，收他的邪心，使不生狂妄，庶乾坤安靖，海宇得清宁也。"玉帝闻言道："依卿所奏。"即命降了诏书，仍着金星领去。

原本大家讨论的是如何继续进行军事打击，太白金星却跑出来说要招安，还要养着他。这其实是个非常坏的提议，孙悟空公然对抗天庭，打伤巨灵神、哪吒等天庭执法人员，天庭的措施竟然是封他爵位，养他这个闲人。但是玉帝答应了，他答应了！玉帝这个昏君的形象跃然纸上。然而恰巧，此时的孙悟空对天庭尚有幻想，面对"齐天大圣"这个"官职"，心里还是没有抵抗力。

第二计，危言耸听，吓唬玉帝让孙悟空管事。

原本说好是给孙悟空安排一个闲职，连俸禄都没有多少，就是将他养着。但是，大家注意下，在太白金星的启奏中，并没有提到说要软禁孙悟空。虽然说齐天大圣府里面安排了两个司：安静司，宁神司，但是这时候的孙悟空要是能够自觉，那就不是孙悟空了。

孙悟空是一个闲不住的人，他在担任齐天大圣期间：

那齐天府下二司仙吏，早晚扶侍，只知日食三餐，夜眠一榻，无事牵萦，自由自在。闲时节会友游宫，交朋结义。见三清，称个"老"字；逢四帝，道个"陛下"。与那九曜星、五方将、二十八宿、四大天王、十二元辰、五方五老、普天星相、河汉群神，俱只以弟兄相待，彼此称呼。

在孙悟空的交际圈中，大家尤其注意这七个人：三清四帝。道教的神仙系统非常庞杂，有玉帝为首的类似政府的一帮神仙，也有三清四帝这样的散仙，除了这七个人以外还有各种各样的真人，基本上都是这类人物。

这样的话，我们又可以推测出天庭实力不济的另一个原因——真人派与官僚派离心离德。

而且，三清四帝法力极高（远高于所有天庭政府官员），他们乐意与孙悟空这个"妖孽"一起愉快地玩耍，很值得玩味。也就在这个时候，一个真人开始危言耸听：

一日，玉帝早朝，班部中闪出许旌阳真人，頫囟启奏道："今有齐天大圣，无事闲游，结交天上众星宿，不论高低，俱称朋友。恐后闲中生事，不若与他一件事管，庶免别生事端。"玉帝闻言，即时宣诏。那猴王欣欣然而至，道："陛下，诏老孙有何升赏？"玉帝道："朕见你身闲无事，与你件执事。你且权管那蟠桃园，早晚好生在意。"大圣欢喜谢恩，朝上唱喏而退。

这个真人闭口不谈孙悟空与真人派的交往，只说是与"众星宿"搭帮结伙。而玉帝面对这样的奏折，相信了也就罢了，按常理应该找到太白金星，先问责，再处理孙悟空的事情。但是玉帝老儿直接找来孙悟空，让他去管蟠桃园。

很快，玉帝和孙悟空就不能一起愉快地玩耍了。你让孙悟空去看管果园，你有常识吗？后来的情况大家都知道了，孙悟空偷吃了蟠桃……

这里需要说明一下的是，王母娘娘与玉皇大帝不是夫妻关系。玉帝是天庭官僚的头目，而王母娘娘是女仙之主，所有的仙女都归她管。这才有七衣仙女去采蟠桃。然而，王母到底属于真人派还是官僚派，很难说。不过这不妨碍我的猜想以及整个剧情的发展。估计冯保在写这段的时候，也没想太多。

当然，真人派不会嫌事情闹得更大，在孙悟空大闹瑶池偷吃偷喝之后，孙悟空却走错了路，跑到了兜率宫：

好大圣：摇摇摆摆，仗着酒，任情乱撞，一会把路差了；不是齐天府，却是兜率天宫。一见了，顿然醒悟道："兜率宫是三十三天之上，乃离恨天太上老君之处，如何错到此间？——也罢！也罢！一向要来望此老，不曾得来，今趁此残步，就望他一望也好。"即整衣撞进去。那里不见老君，四无人迹。原来那老君与燃灯古佛在三层高阁朱陵丹台上讲道，众仙童、仙将、仙官、仙吏，都侍立左右听讲。这大圣直至丹房里面，寻访不遇，但见丹灶之旁，炉中有火。炉左右安放着五个葫芦，葫芦里都是炼就的金丹。

这里太巧合了，巧合到让俺们都不敢相信这真是巧合。第一，按照文中意思，孙悟空的齐天大圣府离兜率宫很有一段距离，所以孙悟空也惊诧，怎么走错了跑到这里了。第二，恰巧这时候一个人都没有？门都不关？仙丹还就放在那里？！这分明是故意的嘛。至于孙悟空走错路也好解释——幻象（或曰障眼法）。

太上老君既然可以制造这个幻象，那么与之前的'菩提祖师'有什么联系呢？为什么太上老君身为道教教主此时跑去见佛教前任教主的燃灯古佛呢？这里面，一定有一个天大的秘密。

仙丹吃饱了，酒也醒了，孙悟空知道自己没了回头路，一路跑回花果山继续做妖精。就在天庭官僚们面对零乱的瑶池不知所措的时候，太上老君也跑过来凑热闹，说是自己原本送给玉帝的仙丹被偷了，跑到这儿来告状（无非是添乱）。实际上此时已经是第二天，对于孙悟空来说，他在人间又快活了一年。

这下彻底惹恼了玉帝，浩浩荡荡的大军杀向花果山，第二次围剿开始：

四大天王，协同李天王并哪吒太子，点二十八宿、九曜星官、十二元辰、五方揭谛、四值功曹、东西星斗、南北二神、五岳四渎、普天星相，共十万天兵，布一十八架天罗地网下界，去花果山围困。

这次空前的围剿行动，孙悟空并不畏惧，体现了非常高超的指挥素养和儒将气质。对，没错，儒将气质。

孙悟空如果不是个猴子，必然会成为无数女性心中的男神，他不仅能打，法力高，而且吟得一手好诗。在九曜星官作为先锋杀进花果山的时候，孙悟空听到战报不仅不慌张，反而在那吟诗，很多名句至今流传——你肯定知道这些句子，但是绝对想不到这是孙悟空的杰作。其实孙悟空在《西游记》里写诗还不少，下面只是两个散句，后面会有成篇的作品。

九曜星官打到洞门，猴子兵前去报告，孙悟空淡定地说："今朝有酒今朝醉，莫管门前是与非。"

当九曜星官在那骂战的时候，孙悟空依旧淡定："诗酒且图今日乐，功名休问几时成。"可是话还没说完，九曜星官就打进洞府了。

这时候，两个鬼王，带着七十二路妖王的联军一起上去，控制了局面，最后孙悟空一个人杀了上去，九曜星官被打成了流星雨。

九曜星官毕竟还不是啥狠角色，花果山势必迎来一场更大的恶战。虽说天兵天将都是战五渣，天庭的行政效率低下，但是天庭真的没有狠角色吗？

为什么太上老君一再给猴子放水？

——菩提祖师事件大揭秘（上）

在后来的战斗中，花果山的劣势逐渐体现出来，除了孙悟空之外，其他七十二洞妖王不值一提，在四大天王和二十八星宿的联合绞杀下，七十二洞妖王被悉数活捉。但是孙悟空指挥的"中央军"却是零伤亡。

在这个时候，有个关键人物登场，也是第一次走到台前，那就是观音：

话表南海普陀落伽山大慈大悲救苦救难灵感观世音菩萨，自王母娘娘请赴蟠桃大会，与大徒弟惠岸行者，同登宝阁瑶池，见那里荒荒凉凉，席面残乱；虽有几位天仙，俱不就座，都在那里乱纷纷讲论。菩萨与众仙相见毕，众仙备言前事。菩萨道："既无盛会，又不传杯，汝等可跟贫僧去见玉帝。"众仙怡然随往。至通明殿前，早有四大天师、赤脚大仙等众，俱在此迎着菩萨，即道玉帝烦恼，调遣天兵，擒怪未回等因。菩萨道："我要见见玉帝，烦为转奏。"天师邱弘济，即入灵霄宝殿，启知宣入。时有太上老君在上，王母娘娘在后。

不仅观音来了，太上老君也在观战之中，而且暗示了王母可能与真人派有着很深的关联。观音问了这边的情况，派遣自己的护法惠岸行者（也是李天王的儿子）下界打探。结果，惠岸行者也打不过孙悟空。

大家要知道，《西游记》里，孙悟空最大的痛处就是没有法宝，而真人派的法宝要多少有多少啊，太上老君为何仅仅是在观战呢？

还有，为何此时观音偏偏过来，前面我已经说过，太上老君与燃灯古佛见面，兜率宫门不关、没人看管、金丹就放那儿，这些事情已经有刻意为之的嫌疑。如果假说成立，为何观音还一副不知情的样子呢？我们继续看后面的细节。

惠岸行者吃了败仗，连同李天王的大力鬼王一起到天庭请救兵。玉帝这个昏君的表现竟然是：玉帝拆开表章，见有求助之言，笑道："叵耐这个猴精，能有多大手段，就敢敌过十万天兵！李天王又来求助，却将那路神兵助之？"接着在观音的建议下，天庭官僚当中最具实力的人站了出来——二郎神。

二郎神在官僚当中是个另类。他有自己的军队，有自己的地盘，自己的手下，不住在天上，只是带领军队驻扎在灌江口。最重要的是，他听调不听宣，也就是只听从调遣，不接受玉帝的召见。与其说他是天庭的将领，倒不如说他是天庭的军阀。但是也确实是天庭的王牌。

二郎神出场时的用词非常省略，却将一个好战分子的形象写得活灵活现：

二郎即与众兄弟，出门迎接旨意，焚香开读。旨意上云："花果山妖猴齐天大圣作乱。因在宫偷桃、偷酒、偷丹，搅乱蟠桃大会，见着十万天兵，一十八架天罗地网，围山收伏，未曾得胜，今特调贤甥同义兄弟即赴花果山助力剿除。成功之后，高升重赏。"

真君大喜道："天使请回，吾当就去拔刀相助也。"

同僚们无能为力的事情，他却乐意去做，可见此人不简单。而且，根据实战情况来看，他与孙悟空在武力上确实平分秋色，而二郎神的嫡系部队，梅山六兄弟指挥的一千二百草头神的战斗力和作战素质更是远在猴子兵之上。

孙悟空和二郎神整整打了三百多个回合，都不分胜负，可是孙悟空的军队却一败涂地。为了保护自己的猴子猴孙，孙悟空收了法天象地的神通，开始逃窜，与二郎神进行变化的争斗。

孙悟空法力上的一个劣势体现出来了！我们这两章所要说的核心问题，也将被引出来。

孙悟空的劣势在于，虽然他和二郎神都是七十二般变化，但是二郎神有这么一项技能：

二郎圆睁凤目观看，见大圣变了麻雀儿，钉在树上……

也就是说，孙悟空在二郎神面前，一切变化都是徒劳的！孙悟空有时也能看出二郎神的变化，但是依赖的是一种推理，类似于：大圣变鱼儿，顺水正游，忽见一只飞禽，似青鹞，毛片不青；似鹭鸶，顶上无缨；似老鹳，腿又不红："想是二郎变化了等我哩！……"

有人肯定要问，孙悟空不是有火眼金睛吗？拜托，这项技能是孙悟空在太上老君的八卦炉里炼来的！又是太上老君！

到此，故事情节我们就不多说了，我们来统计下孙悟空被压五行山前，太上老君一共给孙悟空放水或者疑似放水多少次：

第一次：让孙悟空有机会偷盗仙丹。这个在上一章我们已经讨论过。

第二次：在二郎神与孙悟空僵持不下的时候，观音想让自己的净瓶砸向孙悟空，却被太上老君制止：

"你这瓶是个磁器，准打着他便好，如打不着他的头，或撞着他的铁棒，却不打碎了？你且莫动手，等我老君助他一功。"

实际上，观音的净瓶威力有多大呢？这个得联系后面的情节，在第四十二回《大圣殷勤拜南海，观音慈善缚红孩》里，有这么一段文字：

菩萨教："拿上瓶来。"这行者即去拿瓶，唉！莫想拿得他动。好便似蜻蜓撼石柱，怎生摇得半分毫？行者上前跪下道："菩萨，弟子拿不动。"菩萨道："你这猴头，只会说嘴。瓶儿你也拿不动，怎么去降妖缚怪？"行者道："不瞒菩萨说，平日拿得动，今日拿不动。想是吃了妖精亏，筋力弱了。"菩萨道："常时是个空瓶，如今是净瓶抛下海去，这一时间，转过了三江五湖，八海四渎，溪源潭洞之间，共借了一海水在里面。你那里有架海的斤量？此所以拿不动也。"行者合掌道："是弟子不知。"

虽然说这是观音在显摆，但是也说明这瓶子不一般，完全不可能被弄坏。作为熟知各种法宝的太上老君来说，这句话显然是刻意劝阻。当菩萨问老君有什么武器助战的时候，老君说了这么一番话：

老君道："有，有，有。"捋起衣袖，左膊上，取下一个圈子，说道："这件兵器，乃锟钢抟炼的，被我将还丹点成，养就一身灵气，善能变化，水火不侵，又能套诸物；一名'金钢琢'，又名'金钢套'。当年过函关，化胡为佛，甚是亏他。早晚最可防身。等我丢下去打他一下。"

注意，这里提到了"化胡为佛"，点化胡人（印度人）成立了佛派，无非是向观音暗示：咱是自己人！这么我们就可以依据这次放水的细节提出猜想——观音此来，一是扩大佛派在天庭的影响力，二是打探消息（刚来就派遣惠岸行者去探虚实），但是对于佛派与真人派关于孙悟空这个事件的关联，了解得并不多。

第三次：孙悟空被捉拿，穿了琵琶骨——这是封印法力的一种方式。但是在斩妖台上，各种刑罚都对孙悟空无效，正当玉帝考虑使用什么办法处置孙悟空的时候，太上老君又有话说：

"那猴吃了蟠桃，饮了御酒，又盗了仙丹——我那五壶丹，有生有熟，被他都吃在肚里，运用三昧火，煅成一块，所以浑做金钢之躯，急不能伤。不若与老道领去，放在八卦炉中，以文武火煅炼。炼出我的丹来，他身自为灰烬矣。"

实际上，真的可以让孙悟空化为灰烬吗？不得不说，太上老君这出戏演得实在太好了！加上刚刚二郎神抓住孙悟空也有太上老君的功劳，玉帝对他是没有戒心的。

老君到了兜率宫，第一件事竟然不是把孙悟空放进八卦炉里面，而是：

那老君到兜率宫，将大圣解去绳索，放了穿琵琶骨之器……

第四次：孙悟空在八卦炉中，一点没被烧着，跑到通风口躲了起来。在通风口虽然被烟熏得难受，但是却熏出了火眼金睛。天哪！你说太上老君不是故意的，谁信哪！

第五次：孙悟空从八卦炉中蹦出来，假惺惺地抵抗之后，放他出去：大乱天宫，打得那九曜星闭门闭户，四天王无影无形。

很明显了，从孙悟空拜师到造反这整个事件，无非是天庭真人派及其扶持的佛派势力对抗官僚派的一盘棋！了解了这个秘密，深入了解后面取经，揭示前面菩提祖师事件，都不是难事了。

为什么太上老君一再给猴子放水？
——菩提祖师事件大揭秘（下）

通过之前的分析，我们已经可以确定一点，菩提祖师的出现和太上老君有关联。毕竟太上老君不信基督教，打了一巴掌还要请别人再打。自己丹药被偷了还一再帮孙悟空，着实让人怀疑。

之前我们说过，菩提祖师基本上就是怂恿孙悟空去惹事的，孙悟空的本领刚好可以打败天庭官僚派的所有大神，而且又利用孙悟空对于长生不老的执着让他大闹地府。

然而跟二郎神打个平手，很大程度上因为孙悟空的眼睛不如二郎神，太上老君于是就帮他炼成了火眼金睛。

但是，太上老君不太可能亲自参与到这个事件中来，因为他是个要脸的人。他如果想撕破脸皮，那么整个宇宙都会乱套，整个天庭官僚派都不是他的对手。他跑到山上变成菩提祖师整整七年，很显然不现实。正因为如此，他才"化胡为佛"。

扶持了佛教势力，是真人派的一着妙棋，而佛派的根据地，正在西牛贺洲，也就是孙悟空修行的那个洲。那么，佛派跟菩提祖师是否有关联呢？那一定是当然的。

我们来看看《西游记》的情节发展：

当孙悟空冲出了兜率宫，一路无人可挡，一直打到灵霄宝殿外，被玉帝的佑圣真君（侍卫）王灵官、三十六员雷将等人包围起来，三十多人打他一个，都只能勉强打个僵持的局面。

这一点上，动画片《大闹天宫》和央视版电视剧对人的误导很深，很多人都以为当时玉帝狼狈不堪，东躲西藏，最后躲在桌子底下喊了句："快去请如来佛祖！"

实际上，孙悟空刚刚打到灵霄宝殿外的时候，玉帝还不知外面的情况（你怎么当上玉帝的？真替你担心……），直到被外面的打斗声惊动，才想到去请如来佛祖过来。

真人派的算盘太精了，如果能够乘势让孙悟空造反削弱天庭（官僚派）的实力，固然是极好的。就算孙悟空造反失败（其实必然失败，不然真人派、佛派的面子也过不去），真人派要么不作为，要么帮倒忙，给佛派登场的机会。

佛派的登场，很有意思：

那二圣得了旨，径到灵山胜境，雷音宝刹之前，对四金刚、八菩萨礼毕，即烦转达。众神随至宝莲台下启知，如来召请。二圣礼佛三匝，侍立台下。如来问："玉帝何事，烦二圣下临？"二圣即启道："向时花果山产一猴，在那里弄神通，聚众猴搅乱世界……（这里省略猴子造反的过程）……事在紧急，因此，玉帝特请如来救驾。"如来闻诏，即对众菩萨道："汝等在此稳坐法堂，休得乱了禅位，待我炼魔救驾去来。"

这些传旨的侍卫把整个过程说得很详细，暗示了此时佛派与官僚派没啥交集，至少官僚派这样认为，所以把事情说得非常详细，生怕如来不明觉厉。但是如来对此却也非常关心，二话不说就去帮忙，毕竟名义上玉帝也是个皇帝：

如来即唤阿傩、迦叶二尊者相随，离了雷音，径至灵霄门外。忽听得喊声振耳，乃三十六员雷将围困着大圣哩。佛祖传法旨："教雷将停息干戈，放开营所，叫那大圣出来，等我问他有何法力。"众将果退。大圣也收了法象，现出原身近前，怒气昂昂，厉声高叫道："你是那方善士？敢来止住刀兵问我？"如来笑道："我是西方极乐世界释迦牟尼尊者，南无阿弥陀佛。今闻你猖狂村野，屡反天宫，不知是何方生长，何年得道，为何这等暴横？"

大家看，此时的佛派是如此的低调，连孙悟空都不认得如来，当然了，之后如来会让他记住一辈子。大家注意，在这里，如来询问了孙悟空关于他法力源头的事情，这个，孙悟空可是答应菩提祖师不能说的。孙悟空真的没说，他又作诗了：

天地生成灵混仙，花果山中一老猿。

水帘洞里为家业，拜友寻师悟太玄。

炼就长生多少法，学来变化广无边。

因在凡间嫌地窄，立心端要住瑶天。

灵霄宝殿非他久，历代人王有分传。

强者为尊该让我，英雄只此敢争先。

这样的回答，想必菩提祖师知道了心里会非常欣慰。但是如来的反应，同样值得回味：

佛祖听言，呵呵冷笑道："你那厮乃是个猴子成精，焉敢欺心，要夺玉皇上帝龙位？他自幼修持，苦历过一千七百五十劫。每劫该十二万九千六百年。你算，他该多少年数，方能享受此无极大道？你那个初世为人的畜生，如何出此大言！不当人子！不当人子！折了你的寿算！趁早皈依，切莫胡说！但恐遭了毒手，性命顷刻而休，可惜了你的本来面目！"

这里面有两个亮点：一个是"呵呵"，说明明代人就认为"呵呵"是表示冷笑，是一种不尊重；另一个亮点就在于，这个慈悲的佛祖，说漏嘴了——可惜了你的本来面目！

孙悟空的本来面目，他怎么知道呢？孙悟空的本来面目又是什么呢？我们可以大胆猜测，这个菩提祖师，就是在太上老君的指示下，由如来变化的！

而且，如来之后的举动，也很明显地顾及了师徒之情。大家注意，如来在这里提到过，如果孙悟空继续胡闹，很有可能会有生命危险。但是最终，如来选择了一种非常有意思的方式来降伏孙悟空——打赌（实际上就是欺骗）。

"我与你打个赌赛：你若有本事，一筋斗打出我这右手掌中，算你赢，再不用动刀兵苦争战，就请玉帝到西方居住，把天宫让你；若不能打出手掌，你还下界为妖，再修几劫，却来争吵。"

在这里，如来表现出了一种异常的自信，仿佛他百分百能够破掉这个筋斗云一样。果不其然，孙悟空就是翻不出如来的手掌心，甚至还自以为飞到了天边，并且开启了在景点乱涂乱画的风气，也发明了乱涂乱画的经典句式："×××到此一游。"

但是如来这种自信也很有意思，毕竟他是在拿佛派的声誉和玉帝的皇位在那赌。如果我们的猜想是对的，那么这也在情理之中，毕竟法术是他教的，他还破不了吗？

而当"安天大会"结束时，如来又做了小动作：

如来即辞了玉帝众神，与二尊者出天门之外，又发一个慈悲心，念动真言咒语，将五行山，召一尊土地神祇，会同五方揭谛，居住此山监押。但他饥时，与他铁丸子吃；渴时，与他溶化的铜汁饮。待他灾愆满日，自有人救他。

如来为何要嘱咐土地神祇要给孙悟空吃这些东西呢？是为了削弱孙悟空的法力吗？当然不是。恰恰相反，如来是通过这个方式，让孙悟空在被压着不动的情况下保证自己的法力不退步。孙悟空在《西游记》里被称为心猿，而"心"在中医里，对应为"五行"中的金，所以孙悟空也称为"金公"。如来正是在利用这些东西，来补充孙悟空"金属性"的法力。由此可见如来对孙悟空的了解。

而且，如来口风不紧的形象也得到了体现——暗示了会有人救孙悟空。这也算是为西游故事埋下了一个伏笔吧。

实际上呢，我们距离菩提祖师事件的真正揭秘，还有那么一段时间，毕竟《西游记》这部书才刚刚开始。真正要完全解开这个贯穿全书的秘密，需要将后面情节中的蛛丝马迹再一次整合。我在这里，已经算是剧透了，如果再剧透，那就没意思了。还是请看后面的故事，听我慢慢分析吧。

唐皇真的是有道贤君？

孙悟空被镇压了，西游故事才真正开始。从如来想要传教到玄奘踏上征程，作者整整花了五回的篇幅，这其中的信息量也是很大的。当然了，有意思的是，很多影视剧却偏偏抛开这段故事，直接就跳到了玄奘西行。实际上，这段故事的信息量非常大。

故事咱就不细说了，大家自己去看原文第八回到第十二回。我们主要就以下几个核心问题进行讨论，梳理这几回要告诉我们的一些信息。

第一，如来等人对取经行动如何解释？

第二，佛派和真人派如何利用唐皇，并且利用了唐皇的哪个心理痛处让他支持取经事业？

第三，唐僧取经的意志从何而来？

第四，大乘佛教与小乘佛教真的有那么大的区别吗？

这四个问题中，第一个问题是所有问题的核心，第二个问题是所有信息的一个集结点，后面两个问题都与第二个问题相关。

第一个问题，在第八回《我佛造经传极乐，观音奉旨上长安》中，有着非常清楚的讲述。按照如来的解释，同时也等于是佛派的官方解释，取经的目的在于"我观四大部洲，众生善恶，各方不一……（以下省去对其他三个洲的溢美之词）……但那南赡部洲者，贪淫乐祸，多杀多争，正所谓口舌凶场，是非恶海。我今有三藏真经，可以劝人为善。"

也就是说，这个经书传过去，可以让南赡部洲的人学好，免得继续堕落。当然了，为什么不直接送过去呢？"我待要送上东土，叵耐那方众生愚蠢，毁谤真言，不识我法门之旨要，怠慢了瑜迦之正宗。"换句话说，送过去跌份儿，人家又不识货，不如让他们找个和尚经历千山万水到这儿来拿，才显得咱有面子。用书中的话说："去东土寻一个善信，教他苦历千山，询经万水，到我处求取真经，永传东土，劝化众生，却乃是个山大的福缘，海深的善庆。"

当然，参与取经的和尚也有好处可拿，那就是可以得到"免堕轮回"的袈裟，还有"不遭毒害"的禅杖。

看起来，貌似很和谐，实际上呢？作为佛派幕后的真人派一定是另有打算，整个西游过程绝对没有这么简单。

在这里不妨剧透下，取经行动，其实目的在于打击沿途官僚派和地方实力派的势力，并且削弱佛派中的不坚定分子，顺带传个教。这里的宝贝袈裟禅杖，说白了就是勾引那些人的诱饵（后来发现不管用）。说起来如来把南赡部洲说得那么烂，实际上呢？西行路上不少和尚都说希望好好修行转世到唐国……

这一回中，孙悟空也有短暂出场，此时的孙悟空已经寂寞了五百多年，遇到了观音菩萨，那叫一个殷勤：

"我怎么不认得你。你好的是那南海普陀落伽山救苦救难大慈大悲南无观世音菩萨。"

一连串说出了这么多的头衔，看来孙悟空是真的服软了。而观音菩萨也以此次取经行动为借口，等取经人来就将孙悟空放了（实际上肯定有背后指使）。更巧的是，观音菩萨给之前那两个取法号都要另取，唯独孙悟空，就叫悟空，连辈分都恰好对。这也是菩提祖师是如来所变化的一个证据。

而第二个问题，就非常复杂了。大家要知道，玩连环计，真人派是非常在行的。

第一计：第九回《袁守诚妙算无私曲，老龙王拙计犯天条》中，长安周边的一个樵夫和一个渔夫在那吟诗作对，相互吹牛，引来泾河里一个"巡水的夜叉"。最后渔夫吹牛说漏了嘴，说是有个算命先生叫袁守城，能够保证他天天打着好多鱼。夜叉将这件事情汇报给了泾河龙王，龙王为了保护自己管辖的水生生物资源，决心亲自会一会这个算命先生。

第二计：龙王变成了一个秀士去算天气，自以为凭借自己多年的气象工作经验，可以给这个算命先生一个下马威。结果，玉帝的旨意当真如袁守诚所说（可见袁守诚这个人不简单，一定是真人派在人间的眼线），致使龙王赌气犯了抗旨不遵之罪。

第三计：龙王大摇大摆去算命摊子上嘚瑟，袁守诚却淡定地告诉龙王："我无死罪，只怕你倒有个死罪哩！别人好瞒，只是难瞒我也。我认得你，你不是秀士，乃是泾河龙王。"最后龙王也认怂了。袁守诚又告诉他，到时候监斩官是魏征，你去找唐皇李世民求情就行了。

第四计：找了李世民，却没能帮上忙。魏征刚正不阿，梦里元神出窍把龙王给斩了。龙王的鬼魂心里不平衡，开始报复社会，天天找李世民麻烦，害得李世民就这么给吓死了。当然，魏征这种忠臣不会不管，让李世民去找判官崔玉，走了个后门，又争取了二十年的寿命。

第五计：这个就绝妙了，送李世民回阳间的路上，经过了十八层地狱，搞得李世民心里怕怕的。最后又让李世民杀害的李建成等人的鬼魂出来索命，又让李世民看到了因为自己的战争而死亡的那些冤魂……"那六十四处烟尘，七十二处草寇，众王子、众头目的鬼魂；尽是枉死的冤业，无收无管，不得超生，又无钱钞盘缠，都是孤寒饿鬼。"并且带他参观六道轮回，半警告地告诉他："这唤做'六道轮回'：行善的，升化仙道；尽忠的，超生贵道；行孝的，再生福道；公平的，还生人道；积德的，转生富道；恶毒的，沉沦鬼道。"

第六计：以超度冤魂亡灵为理由，怂恿李世民搞个水陆大会。告诉他，只有这样才能让后代绵长，江山永固。

到此，连环计第一部分算是完成了，其间还发生了找草民刘全去阴间送南瓜，刘全老婆还魂公主的事情，也算妙趣横生，颇为幽默，算是一个小轻松。这些事情完成后，水陆大会开始了，这是连环计的关键部分。

第七计：金蝉子早已经投胎至宰相家做了外孙，父亲又是曾经的状元，所以水陆大会，自然是由金蝉子的转世也就是玄奘法师来主持。（看到没有，所谓的找一个取经人，实际上是已经内定了的！）

第八计：观音菩萨和惠岸行者得到李世民举办水陆大会的消

息，变化成普通和尚，开始用高价出售锦襕袈裟和九环锡杖的办法进行炒作，吸引世人注意。最后又当着李世民的面说可以送给玄奘，让李世民对玄奘的信任度飙升。

第九计：观音菩萨和惠岸行者扰乱水陆大会，宣传大乘佛教的好处，扬言只有大乘佛教才能达到李世民想要的结果。当李世民要求观音菩萨讲授大乘教法的时候（其实此时态度非常诚恳，并不是如来说的"不识我法门之旨要，怠慢了瑜迦之正宗"），观音菩萨现出真身，留下一张帖子，告诉李世民，想要知道大乘教法，陛下你自己派人去取吧。取经人也别怕路途遥远，取经成功了，自己也能修成正果金身。

第十计，也就是这组连环计的最后一计，那就是凭借李世民的旨意，对取经人施压——取不到经书，回到大唐也是个抗旨不遵，杀头的罪过。整整十个计组成的连环计，真是让人叹为观止。

至于唐僧，完全是被坑了。大家看原文，非常有意思：

太宗见了颂子，即命众僧："且收胜会，待我差人取得'大乘经'来，再秉丹诚，重修善果。"众官无不遵依。当时在寺中问曰："谁肯领朕旨意，上西天拜佛求经？"问不了，旁边闪过法师，帝前施礼道："贫僧不才，愿效犬马之劳，与陛下求取真经，祈保我王江山永固。"唐王大喜，上前将御手扶起道："法师果能尽此忠贤，不怕程途遥远，跋涉山川，朕情愿与你拜为兄弟。"玄奘顿首谢恩。唐王果是十分贤德（呵呵），就去那寺里佛前，与玄奘拜了四拜，口称"御弟圣僧"。玄奘感谢不尽道："陛下，贫僧有何德何能，敢蒙天恩眷顾如此？我这一去，定要捐躯努力，直至西天；如不到西天，不得真经，即死也不敢回国，永堕沉沦地狱。"……

（唐僧回到洪福寺）那本寺多僧与几个徒弟，早闻取经之事，都来相见，因问："发誓愿上西天，实否？"玄奘道："是实。"他徒弟道："师父呵，尝闻人言，西天路远，更多虎豹妖魔；只怕有去无回，难保身命。"玄奘道："我已发了弘誓大愿，不取真经，永堕沉沦地狱。大抵是受王恩宠，不得不尽忠以报国耳。我此去真是渺渺茫茫，吉凶难定。"

大家请看，唐僧的动力来自于所谓的"天恩"，他的意志力仅仅是因为承诺和皇帝的旨意。而且在听说危险性之后，言语之中透露出一种肠子都悔青了的感觉。其实越往后看大家越会觉得，唐僧实在不像一个得道高僧，他的形象更像一个经受不起风雨的官二代。或许在唐僧身上，有着一点万历皇帝小时候的影子，也难说，哈哈。

甩不掉的束缚

　　"孙悟空他终于摆脱了五指山的大包袱，背上留下永远甩不掉的束缚。"

　　在唐僧遇到孙悟空之前，还经历了两次苦难。一次是被老虎精寅将军抓住，但是在太白金星的帮助下脱离了危险。一次是遇到了老虎，被山民刘伯钦救起。

　　这两个情节，分别提醒了咱们几件事情。

　　第一，太白金星是真人派在官僚派的卧底，暗中帮助取经行动。另外值得注意的是，这两个妖怪并没有提到长生不老，而且吃人的时候，首先吃掉了唐僧的随从。显然，此时的妖怪还不知道唐僧肉的传言。

　　第二，通过山民刘伯钦这个形象，暗示南赡部洲的人民群众并非如来口中那样不堪。也通过山民刘伯钦父亲被超度这件事情，暗示小乘佛教也并非没有作用（同时暗示大唐才是中华上国）。

　　这些细节咱就不一一细说了，毕竟好久没见孙悟空。往下看，孙悟空又要出场了。

　　与央视版电视剧不同的是，唐僧一开始对孙悟空充满了戒心。第一个走上前和孙悟空交流的，是刘伯钦而非唐僧。直到孙悟空出来了，唐僧才放松戒备，告别了刘伯钦。

而且，孙悟空一开始也不受唐僧待见，唐僧很有一种耍大牌的感觉。按照书中的描述，咱们可以想象一下当时的情况——一个白胖和尚骑在马上，一个赤裸的半人半猴的人在那儿牵马。而且按照后文的说法，唐僧实际上有一件破旧的"短小直裰"，直到孙悟空开口向唐僧要，唐僧才给。

幸亏路上遇到了一只老虎，孙悟空打死老虎后剥了皮，勉强遮了身体，这才结束了裸奔。

这里咱们不妨看着原文想象一下，孙悟空的衣装打扮究竟是啥样的。原文：

一件白布短小直裰未穿，他即扯过来披在身上，却将那虎皮脱下，联接一处，打一个马面样的折子，围在腰间，勒了藤条，走到师父面前道："老孙今日这等打扮，比昨日如何？"三藏道："好！好！好！这等样，才像个行者。"

直裰，是明代常见的一种休闲服，交领右衽，短直裰下端一般刚刚过膝盖，而且下身两边开叉。考虑孙悟空的身高，这件直裰下端应该到他的脚面。而孙悟空用针线将虎皮裙和直裰连接在一处，还打了个马面，也就是说孙悟空下裳的前面是一片平的，两边有很多褶子。这种上衣下裳一体，下身马面的衣服，在明代很常见，称为拽撒。一般是文官的常服之一，也是锦衣卫等特殊军队、宦官等人的工作服，总之很霸气就对了！

不管怎么说，孙悟空是个有品位的人！

但是，霸气的衣服，不能掩盖孙悟空受到限制的现实。前面我已经说过，唐僧是取经的核心人物，也是佛派内定的人物。要命的是，这个人完全不是个合格的得道高僧。以孙悟空的性格，在他的手底下，受委屈是肯定的。

但是，在故事发展的过程中，孙悟空一步步成为取经团队的核心，这个是后话。至少在现在，孙悟空身上突然多了很多束缚。我们回过头来看观音菩萨去东土之前，如来担心唐僧的徒弟桀骜不驯，送给观音菩萨金、紧、禁三个箍咒，但是为何现在不给呢？或者为什么不一开始就给套上呢？

下面一个情节，则更有意思。很多人只知道孙悟空打死了六个毛贼，而不知道，这六个毛贼，到底是什么身份。

行者道："我也是祖传的大王，积年的山主，却不曾闻得列位有甚大名。"那人道："你是不知，我说与你听：一个唤做眼看喜，一个唤做耳听怒，一个唤做鼻嗅爱，一个唤作舌尝思，一个唤作意见欲，一个唤作身本忧。"悟空笑道："原来是六个毛贼！你却不认得我这出家人是你的主人公，你倒来挡路。把那打劫的珍宝拿出来，我与你作七分儿均分，饶了你罢！"……

行者伸手去耳朵里拔出一根绣花针儿，迎风一幌，却是一条铁棒，足有碗来粗细，拿在手中道："不要走！也让老孙打一棍儿试试手！"唬得这六个贼四散逃走，被他拽开步，团团赶上，一个个尽皆打死。

这六个贼人，分别是眼、耳、鼻、舌、意、身，也就是人的六根。六个人的名字，则象征着孙悟空此时六根不清净。孙悟空一听他们的名字就明白了："我这出家人是你的主人公。"打死了这六个人，孙悟空才算真正的六根清净。

也就是说，孙悟空打死这六个人实际上是在和自己的邪念做斗争，是值得鼓励的行为。但是，肉眼凡胎的唐僧，完全没有这样的悟性，对孙悟空横加斥责：

三藏道："你十分撞祸！他虽是剪径的强徒，就是拿到官司，也不该死罪；你纵有手段，只可退他去便了，怎么就都打死？这却是无故伤人的性命，如何做得和尚？出家人'扫地恐伤蝼蚁命，爱惜飞蛾纱罩灯'。你怎么不分皂白，一顿打死？全无一点慈悲好善之心！早还是山野中无人查考；若到城市，倘有人一时冲撞了你，你也行凶，执着棍子，乱打伤人，我可做得白客，怎能脱身？"悟空道："师父，我若不打死他，他却要打死你哩。"三藏道："我这出家人，宁死决不敢行凶。我就死，也只是一身，你却杀了他六人，如何理说？此事若告到官，就是你老子做官，也说不过去。"行者道："不瞒师父说，我老孙五百年前，据花果山称王为怪的时节，也不知打死多少人；假似你说这般到官，倒也得些状告是。"三藏道："只因你没收没管，暴横人间，欺天诳上，才受这五百年前之难。今既入了沙门，若是还像当时行凶，一味伤生，去不得西天，做不得和尚！忒恶！忒恶！"

表面上看，唐僧是个讲究仁义道德的慈悲人，实际上，唐僧完全是在矫情，而且言语丝毫不像一个出家人。"此事若告到官，就是你老子做官，也说不过去"，这句话充分暴露了唐僧骨子里的纨绔习气。

但是，孙悟空和唐僧的矛盾是任何一派都不想看到的。佛派不想让取经计划失败，真人派更不想，官僚派担心孙悟空失去控制继续做大。所以孙悟空离开唐僧，来到东海散心的时候，观音菩萨（佛派取经计划负责人）赠予唐僧《紧箍儿咒》，东海龙王（底层官僚派）劝孙悟空回到唐僧身边继续取经。

孙悟空回到了取经队伍中，戴上了紧箍儿……

但是事情并没有那么糟糕，其实我们每个人都这样，小时候无所畏惧，无所禁忌，长大些就要背上学校、社会的枷锁，这不是"紧箍儿咒"吗？有压力，有克制，才有进步。

孙悟空的路，还很长。

那另外两个咒呢？为啥观音菩萨这时候才用《紧箍儿咒》？原因很简单，观音菩萨原本想留下这三个宝贝的，眼看孙悟空不好好听话，这才"贡献"了一个咒。另外两个，一个给了黑熊怪，让他做了观音道场的保安（守山神），一个给了红孩儿，让他做了观音道场的会计（善财童子）……

一件袈裟引起的血案

　　孙悟空收服白龙马的事，咱们放后面一起说，因为没啥好讲的。孙悟空加入团队后遇见的第一个妖怪，是在观音禅院遇到的黑熊怪。

　　但是，与后面的很多妖怪相比，这个怪物在妖怪中显得非常另类，而且其出场也与众不同。在妖怪出场之前，还有唐僧师徒与观音禅院僧人间的纠葛，甚至闹出了许多人命。而无论是妖怪还是僧人，产生冲突的原因都是如来赠予唐僧的那一件锦襕袈裟。

　　再说妖怪之前，我们不妨说说那些和尚。有人说，《西游记》带有抬高佛教、贬低道教的倾向。实际上，《西游记》对道教是低级黑，黑得明显，对于佛教徒（包括唐僧），则是一种贬人于无形的高级黑。

　　首先，观音禅院的这些和尚非常有钱。虽然住在山里，而且处在一个偏远的小国，按照书中的说法，这里离西番哈咇国都有好几千里。但是，这里的和尚所用的器物，是连唐僧这样的大国纨绔都被震惊的：

　　有一个小幸童，拿出一个羊脂玉的盘儿，有三个法蓝镶金的茶钟；又一童，提一把白铜壶儿，斟了三杯香茶。真个是色欺榴蕊艳，味胜桂花香。三藏见了，夸爱不尽道："好物件！好物件！真是美食美器！"

又是金又是玉的，听起来就非常的高端大气上档次，标准的土豪装备。而对于唐僧这种不尽的夸爱，我们只能说，说好的六根清净、四大皆空呢？

另外，这些和尚还非常的虚荣，并且势利眼。他们热情招待唐僧，一来，是因为知道唐僧是天朝上国的使臣，害怕在他面前跌份儿。二来，也想趁此机会看看唐僧可带了什么珍奇的玩意，让他们开开眼：

那老僧道："污眼！污眼！老爷乃天朝上国，广览奇珍，似这般器具，何足过奖？老爷自上邦来，可有甚么宝贝，借与弟子一观？"三藏道："可怜！我那东土，无甚宝贝；就有时，路程遥远，也不能带得。"

唐僧真的是出于谦虚或者无欲无求才这样说吗？显然不是。唐僧这样做的目的在于避祸，他担心这样的宝贝给这帮和尚看到，会带来灾祸——也就是说，他自己都不相信这件袈裟有躲避灾难的功效！

三藏道："你不曾理会得。古人有云：'珍奇玩好之物，不可使见贪婪奸伪之人。'倘若一经入目，必动其心；既动其心，必生其计。汝是个畏祸的，索之而必应求，可也；不然，则殒身灭命，皆起于此，事不小矣。"

你看，在唐僧眼里，这帮和尚中难免有"贪婪奸伪之人"。实际上也真被唐僧给说中了，这帮和尚确实不是好人。后面的故事情节咱就不多说了，咱们来细细品味一下黑熊怪这个另类的怪物。

首先，从头到尾，黑熊怪都没有想吃人的意思，甚至没有杀人的念头。他与孙悟空的矛盾焦点只在这件袈裟上，一个拿了不想给，一个非要拿回去，就这么简单。

其次，这个黑熊怪还想借这个袈裟，搞一个名叫"佛衣会"的聚会，不得不说，这也是一个有品位的人。

当然，作为孙悟空刑满释放后的第一场大战，双方的对话也很有意思。孙悟空的思想停留在五百年前，还当自己是一代妖王，觉得自己在妖怪界的地位非常之高。所以自报家门的时候，已经五百年没吹牛的孙悟空忍不住了，把自己的事迹整个吹嘘了一遍。然而，黑熊怪的回答却让孙悟空大为恼怒。

那怪闻言笑道："你原来是那闹天宫的弼马温么？"行者最恼的是人叫他弼马温；听见这一声，心中大怒，骂道："你这贼怪！偷了袈裟不还，倒伤老爷！不要走！看棍！"

很简单，孙悟空犯了一个低级错误。他作为一个失败者，注定在天庭的宣传中是个反面的角色。天庭不会说，当初有个猴子啊，牛气冲天啊，整个天庭的政府军都拿不住他，差点打进凌霄宝殿啊，最后是请如来佛祖前来助战，才用哄骗的手段把他降伏啊。

天庭的宣传应该是这样的：当初有个猴子，小小的弼马温，养马的官，也敢造反，被天庭政府军轻而易举地镇压了！所以黑熊怪的反应，不足为奇。

然而就武艺而言，黑熊怪其实不算差。很多人都认为黑熊怪是一个菜鸟，实际上，他至少与孙悟空能够僵持，打了几十个回合不分胜负。当然了，我前面说过，孙悟空的优势不是武艺高超，而是力气大、打不死、不会累。几十个回合之后，黑熊怪已经体力不支，嚷嚷着要吃饭了。最终妖怪回到了洞府，孙悟空也暂时回到唐僧的住处。

然而，这一场打斗，连同后面孙悟空的说法，也被认为是孙悟空实力弱小的证据。实际上，这是站不住脚的。孙悟空与唐僧有这么一段对白：

三藏道："悟空，你来了，袈裟如何？"行者道："已有了根由。早是不曾冤了这些和尚，原来是那黑风山妖怪偷了。老孙去暗暗的寻他，只见他与一个白衣秀士，一个老道人，坐在那芳草坡前讲话。也是个不打自招的怪物，他忽然说出道：后日是他母难之日，邀请诸邪来做生日；夜来得了一件锦襕佛衣，要以此为寿，作一大宴，唤做'庆赏佛衣会'。是老孙抢到面前，打了一棍，那黑汉化风而走，道人也不见了，只把个白衣秀士打死，乃是一条白花蛇成精。我又急急赶到他洞口，叫他出来与他赌斗。他已承认了，是他拿回。战皲这半日，不分胜负。那怪回洞，却要吃饭，关了石门，惧战不出。老孙却来回看师父，先报此信。已是有了袈裟的下落，不怕他不还我。"

第二次交锋后，又有一段对话：

三藏道："你手段比他何如？"行者道："我也硬不多儿，只战个手平。"

两段对白都提到了孙悟空和黑熊怪只能打个平手，而且是孙悟空自己承认的。事实果真如此吗？显然不是，从战果来看，每次都是原本瞧不起孙悟空的黑熊怪先退下，可见黑熊怪胆怯，知道自己招架不住。至于孙悟空为什么这么谦虚，咱们且看他与唐僧前面的一段细节：

  三藏心中烦恼，懊恨行者不尽，却坐在上面念动那咒。行者扑的跌倒在地，抱着头，十分难禁，只教"莫念！莫念！管寻还了袈裟！"那众僧见了，一个个战兢兢的，上前跪下劝解，三藏才合口不念。行者一骨鲁跳起来，耳朵里掣出铁棒，要打那些和尚，被三藏喝住道："这猴头！你头痛还不怕，还要无礼？休动手！且莫伤人！再与我审问一问！"

  看到没有，就因为这件袈裟，唐僧还念了《紧箍儿咒》。如果孙悟空说，那妖怪打不过我，自己先跑了，袈裟我还没拿到。那么孙悟空的脑袋又要被紧一紧了！

  而黑熊怪也不是一个挫货，至少在武力值上，是得到赞许的。观音菩萨联手孙悟空收服黑熊怪之后，观音菩萨将金箍戴在黑熊怪头上，收他做了守山大神，可见至少观音菩萨对黑熊怪的武艺还是很赞许的。观音菩萨的眼光，应该不会错，从他安排的取经人员就能看出来了。

取经团队的就位（上）

上一章我给大家分析了"一件袈裟引起的血案"，现在我们将这个事件撇开，看看整个取经团队的发展壮大，以及发展过程中遇到的困难与经历。

取经团队没多少人，我们统计一下，一个师父，三个徒弟（实际是保镖兼苦力），一匹龙马。孙悟空是灵魂人物，我们一直在分析他，自然不用多说。我们列个简单的表，看看其他成员原来的职位和下凡的原因。

小白龙：西海龙王三太子，因为烧了玉帝赐的珠子，被判处死罪，观音出面，免除一死，下凡等待唐僧路过，做唐僧的"脚力"。

猪八戒：天蓬元帅，因为调戏嫦娥仙子，被判打二千锤、贬下凡间，因为失手投错了猪胎，成了半人半猪的怪物。在凡间原本倒插门"嫁"给了卯二姐（一作卵二姐），最后老婆死了，独占了洞府。

沙僧：卷帘大将，因为打碎了玉帝的玻璃盏，被贬下凡间，成为怪物，每过七天还要忍受飞剑穿心一百多回。

大家看，这三个人有两个共同的特点，一个是都出身于天庭的官僚派，另一个都是被玉帝所唾弃的人物。简而言之，四个字——苦大仇深！

另外，这三个人（也可以说四个人，把孙悟空包括进去），都是观音菩萨在前往东土大唐的路上发现的，除了小白龙以外，猪八戒和沙僧都另外取了法号——悟能和悟净。下面我们来仔细看看取经团队就位的过程中，有哪些值得玩味的地方。

小白龙是孙悟空之后第二个就位的成员。在收服小白龙的过程中，唐僧与孙悟空的师徒磨合，很值得玩味。

而且，小白龙栖身的鹰愁涧非常的壮观，小白龙的出场也非常令人震撼：

涓涓寒脉穿云过，湛湛清波映日红。声摇夜雨闻幽谷，彩发朝霞眩太空。千仞浪飞喷碎玉，一泓水响吼清风。流归万顷烟波去，鸥鹭相忘没钓逢。师徒两个正然看处，只见那涧当中响一声，钻出一条龙来，推波掀浪，撺出崖山，就抢长老。慌得个行者丢了行李，把师父抱下马来，回头便走。那条龙就赶不上，把他的白马连鞍辔一口吞下肚去，依然伏水潜踪。行者把师父送在那高阜上坐了，却来牵马挑担，止存得一担行李，不见了马匹。

对于肉眼凡胎的唐僧来说，这个阵势足够成为他一辈子的心理阴影。如果说之前的唐僧还多少有点得道高僧的样子，那么从这一刻开始，他懦弱的本性就开始慢慢暴露了。实际上，整个团队就位的过程，也是唐僧暴露自身缺点的过程。

在得知自己的马被小白龙吃了（还是一口吞吃了）之后，唐僧的表现让人咋舌：

三藏道："既是他吃了，我如何前进！可怜啊！这万水千山，怎生走得！"说着话，泪如雨落。行者见他哭将起来，他那里忍得住暴燥，发声喊道："师父莫要这等脓包行么！你坐着！坐着！等老孙去寻着那厮，教他还我马匹便了。"三藏却才扯住道："徒弟啊，你那里去寻他？只怕他暗地里撺将出来，却不又连我都害了？那时节人马两亡，怎生是好！"行者闻得这话，越加嗔怒，就叫喊如雷道："你忒不济！不济！又要马骑，又不放我去，似这般看着行李，坐到老罢！"

这哪有一点得道高僧的样子，而且在这个过程中，孙悟空明显表现出了对唐僧的不满，高声骂他是"脓包"。好在有六丁六甲、五方揭谛、四值功曹、一十八位护教伽蓝等人帮忙看守唐僧和行李，不然，说不定两人真的就坐到老了。

后来观音菩萨来了，消除了误会，小白龙变成了白龙马。之后，观音菩萨或许是因为考虑到孙悟空对唐僧的意见，送了孙悟空三根救命毛（实际上没啥用，孙悟空一身的毛都能变）。

然后当地水神变作渔民送唐僧过了河，落伽山山神土地奉命送了许多骑马的用品，这个情节就算完事了。接下来就遇到了偷袈裟的黑熊怪，我们上一章已经单独讲过了。

至于猪八戒，哈哈，不得不隆重地跟大家介绍一下高老庄！在杨景贤版《西游记》中，猪八戒出现的地点并不是高老庄，而是裴家庄。而在这里，作者是在讽刺一个人——高拱。

高拱是嘉靖末期到万历初期的大学士，隆庆末期升任内阁首辅。他的家乡在河南省新郑县高老庄村！

在前言我已经说过，《西游记》的作者很有可能是明朝万历年间的司礼监大太监冯保。在万历初期，冯保与张居正共同执政的时候，最大的政敌就是高拱。高拱曾经提议将司礼监的权力收回来，让内阁一家独大。这样的仇，冯保能不怀恨在心吗？

最有意思的是，在高老庄里，最先出场的人物，是高太公的用人，名叫高才。实际上，高拱在家排行老三，他的四弟，就叫高才。所以说，这绝对不是巧合，而是作者有意要讽刺当初的政敌。

收服猪八戒的过程实在深入人心，我也就不多说了。不过大家一定要摆脱电视剧的影响，不要认为猪八戒在这件事上不占理。实际上按照当时的观念来看，高翠莲毕竟已经结婚，高太公嫌弃猪八戒是个妖怪而反悔才是不对的，何况猪八戒确实为他们家做了许多劳动。

在收服猪八戒的过程中，唐僧又暴露出一个缺点——爱抢风头。一般而言，面对这类情况，帮别人捉个妖怪、还个魂之类的事情，都是孙悟空出面，大不了猪八戒沙僧也出面，而唐僧要么是受害者之一，要么是风骚地打着酱油。但是唐僧却时不时地摆谱，总是一副大唐圣僧的样子，仿佛功劳都是他的。

师徒们宴罢，老高将一红漆丹盘，拿出二百两散碎金银，奉三位长老为途中之费；又将三领绵布褊衫，为上盖之衣。三藏道："我们是行脚僧，遇庄化饭，逢处求斋，怎敢受金银财帛？"行者近前，轮开手，抓了一把，叫："高才，昨日累你引我师父，今日招了一个徒弟，无物谢你，把这些碎金碎银，权作带领钱，拿了去买草鞋穿。以后但有妖精，多作成我几个，还有谢你处哩。"高才接了，叩头谢赏。老高又道："师父们既不受金银，望将这粗衣笑纳，聊表寸心。"三藏又道："我出家人，若受了一丝之贿，千劫难修。只是把席上吃不了的饼果，带些去做干粮足矣。"八戒在旁边道："师父、师兄，你们不要便罢，我与他家做了这几年女婿，就是挂脚粮也该三石哩。——丈人啊，我的直裰，昨晚被师兄扯破了，与我一件青锦袈裟；鞋子绽了，与我一双好新鞋子。"高老闻言，不敢不与，随买一双新鞋，将一领褊衫，换下旧时衣物。

大家看，这个过程中，高太公应当奖赏的是孙悟空，但是唐僧大言不惭地跑去推辞。当然，孙悟空也不当回事，拿了点钱给了他家的用人高才；八戒也不当回事，只要了几件衣服。

在收服猪八戒和沙僧之间，又有两个情节，都非常值得注意。一个是"偶遇"乌巢禅师，一个是遇到黄风怪。

如果我们把这个当作一个过关游戏，乌巢禅师的出现就有点像一个小贴士，为他们师徒提供一些小提示。

首先，估计佛派也觉得唐僧心理素质太差，所以给了他一卷《多心经》，让他好好学习（当然，最后掌握最好的还是孙悟空）。其次，则更加值得细细玩味了。先写到这里，下章咱们慢慢说。

取经团队的就位（下）

　　在送了《多心经》后，乌巢禅师又被唐僧拉着问西去的路程。由此可见，唐僧此时已经有点失去了耐心。然而乌巢禅师的回答，非常让人难以理解。

　　那禅师笑云："道路不难行，试听我吩咐：千山千水深，多瘴多魔处。若遇接天崖，放心休恐怖。行来摩耳岩，侧着脚踪步。仔细黑松林，妖狐多截路。精灵满国城，魔主盈山住。老虎坐琴堂，苍狼为主簿。狮象尽称王，虎豹皆作御。野猪挑担子，水怪前头遇。多年老石猴，那里怀嗔怒。你问那相识，他知西去路。"

　　原本这个禅师就有很多奇怪之处，譬如放着庙宇不住非要住在树上。而在这里，他预言出了后面的事情，但又没有把事情说全，只说了黑松林（奎木狼）、狮驼国等事情，最后又说前头有水怪。

　　或许我们可以这样理解：奎木狼是取经队伍与官僚派的第一次交锋，所以单独说；狮驼国是取经队伍的终极一战，所以重点说。

　　然而最令人奇怪的，就是"多年老石猴，那里怀嗔怒。你问那相识，他知西去路"两句话。

首先，乌巢禅师何以知道孙悟空曾经去过西牛贺洲？而且西牛贺洲那么大，何以见得孙悟空就认识去灵山的路？（如果当时孙悟空去了灵山找到了如来，就没这一切的事了。）

实际上，这又是一次对菩提祖师身份的暗示——作者首次明确地告诉我们，灵台方寸山这个幻象的发生地，就在灵山。

而孙悟空的反应，更值得玩味：

行者闻言，冷笑道："我们去，不必问他，问我便了。"三藏还不解其意，那禅师化作金光，径上乌巢而去。长老往上拜谢。行者心中大怒，举铁棒望上乱捣，只见莲花生万朵，祥雾护千层。行者纵有搅海翻江力，莫想挽着乌巢一缕藤。

大家看，孙悟空此时心里应该已经有数了，所以才会冷笑，而且说"问我便了"。而眼见孙悟空心里有数，乌巢禅师为何要瞬间离开？孙悟空又为何当场大怒？而这句"三藏还不解其意"，究竟指的是什么意思呢？

我们可以大胆猜测，正是因为孙悟空也急于弄清楚自己法力的由来，所以迫切地想向乌巢禅师问清楚。可惜啊，乌巢禅师的法力还是有一套的，孙悟空没能找他问个明白。

后面师徒三个加上白龙马遇到了黄风怪，这个情节没啥好说的。有必要说的是，他是孙悟空与唐僧汇合后，第一个要吃唐僧的妖怪，但是，他丝毫没有提到吃唐僧肉能够长生不老的传言。

而且在这次遇到磨难的过程中，六丁六甲等人发挥了一点儿作用（之后纯属打酱油了），那个来路不明的李长庚（太白金星）也给他们充当了向导。

那孙大圣回头看路，那公公化作清风，寂然不见，只是路旁边下一张简帖，上有四句颂子云："上复齐天大圣听：老人乃是李长庚。须弥山有飞龙杖，灵吉当年受佛兵。"行者执了帖儿，转身下路。八戒道："哥啊，我们连日造化低了。这两日忏日里见鬼！那个化风去的老儿是谁？"行者把帖儿递与八戒，念了一遍道："李长庚是那个？"行者道："是西方太白金星的名号。"八戒慌得望空下拜道："恩人！恩人！老猪若不亏金星奏准玉帝呵，性命也不知化作甚的了！"

这里头又有猫腻，不仅孙悟空是因为太白金星而走上这条路，就连猪八戒也是太白金星安排的投胎。至此我们完全可以下一个定论——太白金星是真人派在官僚派中的卧底，目的就是完成整个取经计划。这样，之前太白金星的种种行为，我们都可以有一个明确解释了。

其实沙僧就位，没啥好说的。在取经团队凑齐之后，天庭对取经团队进行了一项测试，这个，我们来详细谈一谈。

上一章我已经说过了，从收服小白龙开始，唐僧的形象愈发猥琐，整个一伪君子的典型。那么在这项测试中，唐僧的得分估计也是很低的。

在测试开始之前，他们几个师兄弟在那儿吹牛聊天，孙悟空的威望非常之高，唐僧完全没有存在感，甚至被徒弟们开涮。猪八戒嫌弃担子太重，要让白龙马帮忙背一些，孙悟空道出了白龙马的身世：

那沙僧闻言道："哥哥，真个是龙么？"行者道："是龙。"八戒道："哥啊，我闻得古人云：'龙能喷云暧雾，播土扬沙。……'

怎么他今日这等慢慢而走?"行者道:"你要他快走,我教他快走个儿你看。"好大圣,把金箍棒揩一揩,万道彩云生。那马看见拿棒,恐怕打来,慌得四只蹄疾如飞电,飕的跑将去了。那师父手软勒不住,尽他劣性,奔上山崖,才大达迤步走。

不过唐僧这一跑,路过一个庄园,于是,一个让万千平凡普通的单身男梦寐以求的情节出现了:一个风韵犹存的富豪寡妇带着三个如花似玉的白富美女儿住在这个皇宫大院一样的庄园里,想在他们师徒四人中招赘一个女婿。而那几个女儿也是琴棋书画、针织女红都会的知性美女、气质美人。

"……料想也配得过列位长老。若肯放开怀抱,长发留头,与舍下做个家长,穿绫着锦,胜强如那瓦钵缁衣,雪鞋云笠!"

作者着重描写了两个人的反应作为对比:

三藏坐在上面,好便似雷惊的孩子;雨淋的虾蟆,只是呆呆挣挣,翻白眼儿打仰。那八戒闻得这般富贵,这般美色,他却心痒难挠;坐在那椅子上,一似针戳屁股,左扭右扭的,忍耐不住。

大家注意,唐僧的反应,重在一个"惊"字,也就是他被吓到了。这里既不是妖怪洞府,也不是土匪窝,几个弱女子,怎么就把他给吓到了呢?无非两种可能:第一是来不及应答;第二是心动了,有负罪感。

是否来不及应答呢?后文里,唐僧不仅冠冕堂皇地把猪八戒骂得狗血喷头,还开开心心地跟妇人对诗,说自己出家享受单身的好处,搞得妇人很没面子。

我之前已经说过,唐僧取经的动力一方面是怕抗旨不遵,回去没法交差,有杀头之罪;另一方面,唐僧又恋家,舍不得大唐的美好生活，不想留在西天路上不回去。而此时，又多了一个原因，那就是他自身的价值——在这个团队里，唐僧其实是最弱的，他唯一的意义和他能够成为核心的原因就是和尚这个身份，如果他做了哪怕一点点违规的事情，他也将一文不值。

当然，最后上当的是猪八戒，这妇人和三个如花似玉的女儿也都是菩萨幻化出来的。本章节最后一段非常有意思：

只听得林深处高声叫道："师父啊，绷杀我了！救我一救！下次再不敢了！"三藏道："悟空，那叫唤的可是悟能么？"沙僧道："正是。"行者道："兄弟，莫睬他，我们去罢。"三藏道："那呆子虽是心性愚顽，却只是一味懞直，倒也有些膂力，挑得行李；还看当日菩萨之念，救他随我们去罢。料他以后，再不敢了。"

在是否重新接纳猪八戒的问题上，唐僧极力主张留下猪八戒，并且意味深长地说了句："料他以后，再不敢了。"其中意味，难以言表。

万寿山的绝世高手

《西游记》第二十四回到二十六回，说的是人参果的故事。故事情节不多做介绍了，但是，有三个问题，值得我们思考。

第一，唐僧为何不敢吃人参果？

第二，镇元子实力如何？属于哪派？

第三，唐僧作为"高僧"，成为"盗窃团伙"一员后表现如何？

很多人或许对第一个问题不以为然，唐僧从小没吃过荤腥，见了跟人一样的果子，心理承受不住，当然不敢吃。果真如此吗？且看二十六回的一句话：

唐僧始知是仙家宝贝，也吃了一个（人参果）……

可见，唐僧不敢吃的原因在于不知道这是仙家宝贝。换句话说，那些仙童和他说的话，他压根就不信。但是联系整个故事情节，唐僧似乎又是个极其好骗的人，妖精随便变个人就能把他骗了，为什么在这里死活不相信两个仙风道骨的道童？

大家不要忘了，在走到五庄观前不久，菩萨们还对他们进行了一场测试，好在唐僧把持住了，不然，整个取经计划就得重头再来了。

而且，这个道观确实诡异，首先，门口的对联"长生不老神仙府，与天同寿道人家"，牛皮吹得哄哄的；其次，道观内"不供养三清、四帝、罗天诸宰，只将'天地'二字侍奉香火"，道童们还扬言"三清是家师的朋友，四帝是家师的故人；九曜是家师的晚辈，元辰是家师的下宾"。而且道观的大师父还不在，被元始天尊请去了。

这样的话，听起来当然是不可思议，与前面那个招赘相对应，一个是还俗可以幸福地生活（衣食无忧，天伦之乐），一个是出家人最体面的层次（在神佛圈子倍儿有面子）。所以最后捧出果子，很容易让唐僧产生联想。所以唐僧拒绝果子的同时心里肯定是这么想的：这样的骗术，我已经见过了。

唐僧认为这一切是不真实的，但是实际上这就是真实的。这个道观的大师父镇元子，确实不是个凡人。

他的诨名听起来就唬人，叫与世同君，也就是说他差不多和世界一样的年纪。在后面的几场争斗中，他可以说完爆孙悟空。

第一次交锋：那行者没高没低的，棍子乱打。大仙把玉麈左遮右挡，奈了他两三回合，使一个"袖里乾坤"的手段，在云端里，把袍袖迎风轻轻的一展，刷地前来，把四僧连马一袖子笼住……

第二次交锋：那大仙说声赶，纵起云头，往西一望，只见那和尚挑包策马，正然走路……行者道："师父，且把善字儿包起，让我们使些凶恶，一发结果了他，脱身去罢。"唐僧闻言，战战兢兢，未曾答应。沙僧掣宝杖，八戒举钉钯，大圣使铁棒，一齐上前，把大仙围住在空中，乱打乱筑……那大仙只把蝇帚儿演架。那里有半个时辰，他将袍袖一展，依然将四僧一马并行李，一袖笼去。

第一次，孙悟空一个人对大仙，因为轻敌，随便应付，结果被瞬间秒杀。第二次，孙悟空与两个师弟拼尽全力，也只撑了不到半个时辰就被全部降伏。

可见，镇元子不是个一般的人物。从书中来看，镇元子没有任何的官职，属于道教，与元始天尊等人有来往，显然是真人派无疑。而且从后文来看，就连寿星、福星、禄星都是他的晚辈，东华帝君（道教北五祖之首）都称其为"地仙之祖"，前面那道童说的话，确实不假，没有吹牛的成分。

难能可贵的是，如此格调很高的人物，却非常的大方。很多人受央视版电视剧影响，总把镇元子想象成一个斤斤计较的人。实际上，镇元子非常有涵养。孙悟空请菩萨医治好了果树，这是应该做的。但是镇元子不计前嫌，召集大家一起开了个派对，还敬重孙悟空的本事，跟他结拜为兄弟，这难道是小气人的作风？

而且，在"三星"到了道观给唐僧说好话的时候，猪八戒在道观里恶意卖萌，大仙虽然不高兴，但是也没有发作。这是小细节，大家可以慢慢看原文。

还有一点，镇元子为什么给唐僧果子吃呢？很多人以为他和唐僧的前世是朋友，其实不尽然。这段原文很有意思，我们细细看来。

镇元子……道："不日有一个故人从此经过，却莫怠慢了他，可将我人参果打两个与他吃，权表旧日之情。"二童道："师父的故人是谁？望说与弟子，好接待。"大仙道："他是东土大唐驾下的圣僧，道号三藏，今往西天拜佛求经的和尚。"二童笑道："孔子云：'道不同，不相为谋。'我等是太乙玄门，怎么与那和尚做甚相识！"（这里有一段幽默，你既不认和尚是朋友，为何又引用儒家的话？实在好玩。）大仙道："你那里得知。那和尚乃金蝉子转生，西方圣老如来佛第二个徒弟。五百年前，我与他在'兰盆会'上相识，他曾亲手传茶，佛子敬我，故此是为故人也。"

只不过是在一个社交场合上唐僧的前世给他送了一杯茶，他就以这么珍贵的果子回报，不愧为一个仙人，其涵养非常难得。但是，作为金蝉子转世的唐僧，素质如何呢？我们这就来解释这第三个问题。

在这个情节一开始，也就是第二十四回中还没到五庄观的时候，师徒间就有一段对话：

八戒道："哥啊，要走几年才得到？"行者道："这些路，若论二位贤弟，便十来日也可到；若论我走，一日也好走五十遭，还见日色；若论师父走，莫想！莫想！"唐僧道："悟空，你说得几时方可到？"行者道："你自小时走到老，老了再小，老小千番也还难。只要你见性志诚，念念回首处，即是灵山。"沙僧道："师兄，此间虽不是雷音，观此景致，必有个好人居止。"行者道："此言却当。这里决无邪祟，一定是个圣僧、仙辈之乡，我们游玩慢行。"

在对话中，孙悟空显示出的悟性是唐僧所不能比的，唐僧在这个时候慢慢被虚化，孙悟空逐渐成为取经的实际头领，所以对话的结尾，是孙悟空下达的"命令"。实际上，这也是个伏笔，下一章我会提到。

在唐僧稀里糊涂被定性为"盗窃团伙"的一员后，那种伪君子的模样就活灵活现了。毕竟，道德的制高点不在了，人前人后也就不需要装蒜了。可以说，迄今为止太多的电视剧，都把唐僧给美化了。

事发不久，唐僧四人就被清风、明月两人锁在了屋子里。唐僧一个劲儿地只知道埋怨，又说了那句口头禅："就是你老子做官，也说不通。"最后孙悟空带着大家伙儿一起逃窜，跑了一夜，唐僧还怪罪孙悟空让他一夜没睡好觉。

如果说这些埋怨还情有可原，那么后面的情况可就不好说了。在央视版电视剧和动画片里，四人被抓后，孙悟空两次代唐僧受刑，唐僧感动得热泪盈眶，不过原著中可不是这样：

那长老泪眼双垂，怨他三个徒弟道："你等闯出祸来，却带累我在此受罪，这是怎的起？"行者道："且休报怨，打便先打我，你又不曾吃打，倒转嗟呀怎的？"唐僧道："虽然不曾打，却也绑得身上疼哩。"

可见，唐僧不仅不感激孙悟空为他顶缸，丝毫不关心他的大徒弟疼不疼，只关心自己被绑疼了。实际上，孙悟空为了保住自己的腿，挨打的时候把腿变成了熟铁，打完六十鞭子，两条腿已经打得通亮，几乎失去了知觉……

该情节的最后（二十七回第一段），是孙悟空和镇元子结拜为兄弟，两人情投意合，本来要走又留了五六天，丝毫没有提到唐僧。这也为后面的情节做了铺垫。

师徒的第一次反目

　　五庄观之后，就是大家耳熟能详的三打白骨精。我们很多人看《西游记》，都把他当成"单元剧"，当成一个个的故事来看。实际上，每个故事之间，都是有联系的。

　　上一章我们说到，孙悟空在取经团队中已经成为实际的领袖，悟空有悟性、讲信用、有本事，在神佛圈子也受人尊敬，连镇元子都和悟空拜了把子。

　　在收服猪八戒的时候，唐僧姑且可以露个脸抢风头。此时唐僧的地位已经岌岌可危，毫无存在感。而三打白骨精的过程，实际上就是唐僧排除异己、打击孙悟空的过程。

　　实际上在遇到白骨精之前，孙悟空就已经和唐僧吵了一架：

　　三藏道："悟空，我这一日，肚中饥了，你去那里化些斋吃？"行者陪笑道："师父好不聪明。这等半山之中，前不巴村，后不着店，有钱也没买处，教往那里寻斋？"三藏心中不快，口里骂道："你这猴子！想你在两界山，被如来压在石匣之内，口能言，足不能行；也亏我救你性命，摩顶受戒，做了我的徒弟。怎么不肯努力，常怀懒惰之心！"行者道："弟子亦颇殷勤，何尝懒惰？"三藏道："你既殷勤，何不化斋我吃？我肚饥怎行？况此地山岚瘴气，怎么得上雷音?"行者道:"师父休怪，少要言语。我知你尊性高傲，十分违慢了你，便要念那话儿咒。你下马稳坐，等我寻那里有人家处化斋去。"

实际上，也确实没什么吃的，孙悟空只找到了一片桃林，只好去那摘桃子吃。而就在这时候，妖精出现了。

值得一提的是，白骨精是书中出现的妖精中，第一个提出长生不老传说的。这个传说从何而来，我们在第十六章再说。

一打白骨精时，悟空和唐僧的冲突到了高潮，两人几乎对骂，说的话都不那么好听，尤其是孙悟空的一句话:"师父，我知道你了，你见他那等容貌，必然动了凡心。若果有此意，叫八戒伐几棵树来，沙僧寻些草来，我做木匠，就在这里搭个窝铺，你与他圆房成事，我们大家散了，却不是件事业? 何必又跋涉，取甚经去!"

实际上，唐僧自己对这个女子也是存疑的，并不是影视剧中一般认为的"僧是愚氓犹可训"。在猪八戒汇报唐僧有人斋僧时，唐僧不信道:"你这个夯货胡缠! 我们走了这向，好人也不曾遇着一个，斋僧的从何而来!"

这里有两点值得一提，一来是唐僧并不糊涂，心里将信将疑，二来是唐僧也知道这里不可能有人斋僧，让孙悟空化缘纯粹是戏弄。

而且，白骨精在劝唐僧吃斋(其实是毒的时候)，也确实有色诱成分，先是"立地就起个虚情，花言巧语"，然后是"笑吟吟，忙陪俏语"，最后是"又满面春生"，活脱脱一个外表清纯、心机深沉的女子形象。

所以孙悟空说完这句狠话之后，唐僧首先不是愤怒，而是"羞惭"。就在唐僧羞惭之际，孙悟空已经完成"一打"了。打跑了白骨精，留下的斋饭显出了原形：香米饭，却是一罐子拖尾巴的长蛆；也不是面筋，却是几个青蛙、癞虾蟆，满地乱跳。

实际上，唐僧这时候非常被动，他自己也差不多相信了悟空的话（才有三分信了）。但是，猪八戒气不过，毕竟这个人是他先发现的，否定唐僧等于否定自己，就这样，矛盾激化了：

（猪八戒）"师父，说起这个女子，他是此间农妇，因为送饭下田，路遇我等，却怎么栽他是个妖怪？哥哥的棍重，走将来试手打他一下，不期就打杀了！怕你念甚么《紧箍儿咒》，故意的使个障眼法儿，变做这等样东西，演幌你眼，使不念咒哩。"三藏自此一言，就是晦气到了：果然信那呆子撺唆，手中捻诀，口里念咒。

念咒之后，唐僧大道理一说，把孙悟空一顿骂，扬言要把孙悟空赶走。最后孙悟空服了软，才留下来。其实，让孙悟空服软才是目的。

随后二打白骨精，孙悟空问都不问就把人打了，白骨精留下尸首跑了，唐僧又念了《紧箍儿咒》，又扬言要把孙悟空炒鱿鱼。此时，猪八戒再一次成为教唆者：

行者道："师父又教我去，回去便也回去了，只是一件不相应。"唐僧道："你有甚么不相应处？"八戒道："师父，他要和你分行李哩。跟着你做了这几年和尚，不成空着手回去？你把那包袱里的甚么旧褊衫，破帽子，分两件与他罢。"行者闻言，气得暴跳道："我把你这个尖嘴的夯货！老孙一向秉教沙门，更无一毫嫉妒之意，贪恋之心，怎么要分甚么行李?"

这下，孙悟空已经孤立无援，威望扫地。之前八戒沙僧都没见识过这个《紧箍儿咒》，所以孙悟空的地位特别高，成为实际上的头目。这下，猪八戒倒戈了。

实际上，猪八戒的倒戈或许还有一个因素——希望孙悟空走。原因很简单，唐僧就是个没本事的凡人，猪八戒完全可以将他秒杀，而猪八戒是没有《紧箍儿咒》的! 所以，赶走了孙悟空，猪八戒就会以大师兄的名义，成为这个团队的领军人物。

所以在"第三打"的时候，猪八戒的反应让人非常无语:

唐僧在马上，又唬得战战兢兢，口不能言。八戒在旁边又笑道:"好行者! 风发了! 只行了半日路，倒打死三个人!"

唐僧已经吓得不行，而猪八戒"又笑道"，这个"又"字，意味深长。实际上，唐僧的目的已经达到，那就是让孙悟空服软，所以当孙悟空带唐僧看了"白骨夫人"的原形时，"唐僧闻说，倒也信了"。

但是，猪八戒的目的，还没达到:唐僧闻说，倒也信了。怎禁那八戒旁边唆嘴道:"师父，他的手重棍凶，把人打死，只怕你念那话儿，故意变化这个模样，掩你的眼目哩!"唐僧果然耳软，又信了他，随复念起。

就这样，唐僧信了猪八戒的话，一狠心，决心把孙悟空赶走。孙悟空也做了很多争取，但是唐僧已经下定了决心，并且信任八戒，认定孙悟空是个"歹人"。

不过，孙悟空可不糊涂，最后他还告诫沙僧:"贤弟，你是个好人，却只要留心防着八戒言语，途中更要仔细。倘一时有妖精拿住师父，你就说老孙是他大徒弟：西方毛怪，闻我的手段，不敢伤我师父。"

这件事对孙悟空的打击非常大，孙悟空经历了人生中最最堕落的一段岁月。回到花果山后，他把在花果山抓猴子的一千多偷猎者全杀了，而且甚为得意：

大圣按落云头，鼓掌大笑道："造化！造化！自从归顺唐僧，做了和尚，他每每劝我话道：'千日行善，善犹不足；一日行恶，恶自有余。'真有此话！我跟着他，打杀几个妖精，他就怪我行凶；今日来家，却结果了这许多猎户。"叫："小的们，出来！"那群猴，狂风过去，听得大圣呼唤，一个个跳将出来。大圣道："你们去南山下，把那打死的猎户衣服，剥得来家，洗净血迹，穿了遮寒；把死人的尸首，都推在那万丈深潭里；把死倒的马，拖将来，剥了皮，做靴穿，将肉腌着，慢慢的食用；把那些弓箭枪刀，与你们操演武艺；将那杂色旗号，收来我用。"

孙悟空，已经做好了就此做个妖精的打算。还借了龙王的水，搞了人工降雨美化了花果山环境。当然，孙悟空还是有下限的，只把死人的尸首丢到了深潭里，而没有吃掉……

官僚派的第一次受挫

在赶走孙悟空之后，他们仨其实都不适应。

首先是猪八戒，既没有当上老大，又平白无故被使唤，以前孙悟空的活儿全部由他来干，首当其冲就是化缘。

那长老兜住马道："八戒，我这一日其实饥了，那里寻些斋饭我吃？"八戒道："师父请下马，在此等老猪去寻。"长老下了马，沙僧歇了担，取出钵盂，递与八戒。八戒道："我去也。"长老问："那里去？"八戒道："莫管，我这一去，钻冰取火寻斋至，压雪求油化饭来。"……呆子走得辛苦，心内沉吟道："当年行者在日，老和尚要的就有；今日轮到我的身上，诚所谓'当家才知柴米价，养子方晓父娘恩。'公道没去化处。"

随后就是猪八戒化缘睡着了，沙僧去找他。唐僧没了孙悟空的火眼金睛，肉眼凡胎，稀里糊涂遇到了一个妖怪——黄袍怪。

至于沙僧，则必须跟八戒承担以前压根不用他管的降妖任务，毕竟猪八戒在大多数妖精眼里是战五渣。他俩不联手，压根都打不过黄袍怪（其实联手也打不过）。

其实事到如今，团队内部的矛盾已经告一段落，取经的第一次真正的大作战，这才算开始。

我之前已经说过，取经行动，其实目的在于打击沿途官僚派和地方实力派的势力，并且削弱佛派中的不安定分子，顺带传个教。而在这宝象国，其实还牵涉到一个官僚派的性丑闻。

　　这个黄袍怪，与一般的妖精有很大的区别。首先，他虽然长得丑，但是非常有修养，是个风雅之人：

　　他也曾小妖排蚁阵，他也曾老怪坐蜂衙。你看他威风凛凛，大家吆喝，叫一声爷。他也曾月作三人壶酌酒，他也曾风生两腋盏倾茶。你看他神通浩浩，霎着下眼，游遍天涯。荒林喧鸟雀，深莽宿龙蛇。仙子种田生白玉，道人伏火养丹砂。

　　蚁阵，说的是操练兵法，蜂衙，说的是公务员上班坐衙门。也就是说这家伙的洞府里，小妖精有文有武，绝对是一伙正规军。"月作三人壶酌酒"这里用的是李白的典故，想必大家都知道；"风生两腋盏倾茶"，这个大家可能不太清楚了，其实这也是一个唐代诗人的典故，关于茶道的，我就不多说了，想知道的可以去查一查卢仝的一首《七碗茶》诗。

　　这样一个能文能武、风雅绝伦的文妖（文艺妖精），还有一个三十多岁的老婆——宝象国的三公主百花羞。

　　而且，这个黄袍怪非常疼老婆，公主说把唐僧放了，他就把唐僧放了。除了长相和妖精这个身份，其他方面都堪称新世纪好男人。

　　不过，这个公主其实非常芥蒂他妖精这个身份，所以写了书信给她的父亲，托唐僧带去……

　　书信中是这么说的："……于十三年前，八月十五日，良夜佳辰，蒙父王恩旨，着各宫排宴，赏玩月华，共乐清霄盛会。正欢娱之间，不觉一阵香风，闪出个金睛蓝面青发魔王，将女擒住；驾祥光，直带至半野山中无人处。难分难辨，被妖倚强，霸占为妻。是以无奈捱了一十三年，产下两个妖儿，尽是妖魔之种。论此真是败坏人伦，有伤风化，不当传书玷辱；但恐女死之后，不显分明……"

这么一看，咱们似乎又觉得这个黄袍怪可恶了，不仅可恶，连他的两个孩子都非常可恶了。

不过这唐僧提交书信，在国王面前抖了威风，心里还是美滋滋的。可惜唐僧实在是没本事，国王请唐僧去降妖，这下唐僧抓了狂——国王道："你既不会降妖，怎么敢上西天拜佛？"那长老瞒不过，说出两个徒弟来了……

情节不多说了，我们将注意力继续转移到这对夫妻身上。在与猪八戒、沙和尚打斗之后，黄袍怪开始对公主有了疑心，猜到了书信的事，一转脸就从温柔体贴变成了暴力相向。好在这个公主会装，被抓的沙僧又配合，合起伙来圆了个谎。

其实说起来，这个公主也是个表里不一的人，眼看回国无望，也打算将就着跟黄袍怪过日子了。而最有意思的是，黄袍怪说要去认亲，为了讨好老丈人，外形立马从男凤姐变成了李敏镐：公主见了，十分欢喜。那妖笑道："浑家，可是变得好么？"公主道："变得好！变得好！你这一进朝啊，我父王是亲不灭，一定着文武多官留你饮宴。倘吃酒中间，千千仔细，万万个小心，却莫要现出原嘴脸来，露出马脚，走了风讯，就不斯文了。"老妖道："不消吩咐，自有道理。"

有一点咱们得提一下，就是这个公主的长相。《西游记》里但凡美女，都有一段韵文描述，而书中对这个公主的外貌是没啥形容的，可见此人外貌上并无长处。

后面的情节咱不多说，大家都耳熟能详了。总之孙悟空回来了，打跑了黄袍怪，最后孙悟空跑到天庭一告状，这才牵出了整个故事的来龙去脉——

原来这个黄袍怪是官僚派的二十八星宿之一，是奎星奎木狼。那个宝象国的公主，原是披香殿的侍女，"他思凡先下界去，托生于皇宫内院，是臣不负前期，变作妖魔，占了名山，摄他到洞府，与他配了一十三年夫妻"。

可惜啊，转世的时候是要喝孟婆汤的，会失去前世的记忆。如果公主前世爱唱歌，肯定会唱这首：好吧下辈子如果我还记得你，我们死也要在一起……（可惜，真的不记得了！）

这样一段丑闻让玉帝很没面子，于是贬他给太上老君烧火去了（等于削去了官职）。

最后当然是团圆的结局。但是有一个小细节，很多人搞不清楚，我来给大家分析分析。在孙悟空和猪八戒救沙僧的时候，抓了黄袍怪的两个孩子做人质：

行者道："呆子，且休叙阔，把这两个孩子，你抱着一个，先进那宝象城去激那怪来，等我在这里打他。"沙僧道："哥啊，怎么样激他？"行者道："你两个驾起云，站在那金銮殿上，莫分好歹，把那孩子往那白玉阶前一掼。有人问你是甚人，你便说是黄袍妖精的儿子，被我两个拿将来也。那怪听见，管情回来，我却不须进城与他斗了。若在城上厮杀，必要喷云嗳雾，播土扬尘，惊扰那朝廷与多官黎庶，俱不安也。"

……八戒道："这两个孩子……我们拿他往下一掼，掼做个肉坨子，那怪赶上肯放？定要我两个偿命。你却还不是个干净人？——连见证也没你，你却不是左我们？"

行者道："他若扯你，你两个就与他打将这里来。这里有战场宽阔，我在此等候打他。"沙僧道："正是，正是，大哥说得有理。我们去来。"他两个才倚仗威风，将孩子拿去。

很多人在这里都会同情黄袍怪的两个孩子，他们其实没啥错误，平白无故就这么死了，而且是被一向正义的孙悟空打死的。我对这件事的理解就是，孙悟空其实还在堕落中，没有做好回归取经队伍的准备。既然已经杀了一千个猎户，为了报仇，再杀两个仇人孩子又何妨？但是不管怎么说，杀黄袍怪的两个孩子，虽然是污点，但是孙悟空的形象依然是"有仁有义的猴王"。

最后插一句，这一个情节中，最失败的就是夫妻感情的描写，虽然勉强表现出了好丈夫的形象，但是……不怪他，谁叫作者是个宦官呢！

"唐僧肉"传说的大揭秘

平顶山金角银角这个情节，其实是非常有意思的，而且这一个情节也是揭开"唐僧肉"传言秘密的关键。其中的幽默、搞怪的分析我们就不多做了，师徒关系的解析也暂且放一放。

在这次遇到妖怪的过程中，事先有人通风报信——日值功曹。这是非常罕见的，而且很值得玩味的，因为按照常理他们都是一群消极怠工的人，很多时候派不上用场。这里他们跑过来通风报信，说明这里的妖怪必然不一般，属于必过关卡，不能跳过的。

而妖怪这边，有三点非常奇怪：

首先，这两个妖怪有唐僧四人的图像，点名要吃唐僧：两个魔头，他画影图形，要捉和尚；抄名访姓，要吃唐僧。

其次，这两个妖怪有五个宝贝：紫金红葫芦、羊脂玉净瓶、芭蕉扇、幌金绳和七星剑。

最后，这俩妖怪人脉极广，除了干娘九尾狐狸，还有个舅舅阿七大王。

为什么说破解唐僧肉传言的关键在这里呢？我们就从这三个奇怪点着手分析。

很明显这些妖怪目标明确，就是要吃唐僧肉。注意，白骨精只是瞎猫碰到死耗子，误打误撞遇到了唐僧，而这伙妖怪则是有备而来。这在整部书中也是第一次出现。而且，他们在第三十二回道出了传言的来源：

金角道："你不晓得。我当年出天界，尝闻得人言：唐僧乃金蝉长老临凡，十世修行的好人，一点元阳未泄。有人吃他肉，延寿长生哩。"银角道："若是吃了他肉就可以延寿长生，我们打甚么坐，立甚么功，炼甚么龙与虎，配甚么雌与雄？只该吃他去了。等我去拿他来。"金角道："兄弟，你有些性急，且莫忙着。你若走出门，不管好歹，但是和尚就拿将来，假如不是唐僧，却也不当人子。我记得他的模样，曾将他师徒画了一个影，图了一个形，你可拿去。但遇着和尚，以此照验照验。"

很明显，这个传言起源于天上，是金角逃出天界前听说的。换句话说，金角的下凡，就和听到的这个传言有关。最有意思的是，金角不仅听说了这个传言，还看过他们的画像，并且自己临摹了一幅。

这就很奇怪了，在天上怎么会有人说这些传言？而且我们可以断定，说这个传言的是一个大佬，否则，他们怎么会信呢？那么他们是天上哪部分的呢？

而且，在开头日值功曹报信的时候，竟然有这么一段话：

行者道："怎见他狠毒？"（日值功曹变的）樵子道："此山径过有六百里远近，名唤平顶山。山中有一洞，名唤莲花洞。洞里有两个魔头，他画影图形，要捉和尚；抄名访姓，要吃唐僧。你若别处来的还好，但犯了一个'唐'字儿，莫想去得，去得！"

然而实际上，直到日值功曹说这话后稍晚些的时候，金角才把实情告诉银角，（金角道："你不知，近闻得东土唐朝差个御弟唐僧往西方拜佛，一行四众，叫做孙行者、猪八戒、沙和尚，连马五口。你看他在那处，与我把他拿来。"）难不成这个毫无存在感的日值功曹竟然有未卜先知这种高大上的法力？

　　最后太上老君出现，连同宝贝的来路，一同告诉了孙悟空：

　　老君道："葫芦是我盛丹的，净瓶是我盛水的，宝剑是我炼魔的，扇子是我搧火的，绳子是我一根勒袍的带。那两个怪：一个是我看金炉的童子，一个是我看银炉的童子。只因他偷了我的宝贝，走下界来，正无觅处，却是你今拿住，得了功绩。"大圣道："你这老官儿，着实无礼。纵放家属为邪，该问个钤束不严的罪名。"

　　很多人往往只注意到这里，来了个《西游记》妖怪有背景的都被带走了的理论，而没看到最后的重点：

　　老君道："不干我事，不可错怪了人。此乃海上菩萨问我借了三次，送他在此托化妖魔，看你师徒可有真心往西去也。"大圣闻言，心中作念道："这菩萨也老大惫懒！当时解脱老孙，教保唐僧西去取经，我说路途艰涩难行，他曾许我到急难处亲来相救；如今反使精邪掯害，语言不的，该他一世无夫！——若不是老官儿亲来，我决不与他；既是你这等说，拿去罢。"

　　这里与前面日值功曹的报信相对应，原来这个磨难是观音菩萨和太上老君合伙儿刻意为之，而且，特地借了这些宝贝，增强他们的战斗力。按照太上老君的说法，这又是一项测试，事实是这样吗？

按照太上老君的说法，这两个妖怪似乎也有"托儿"的嫌疑。实际上，整个过程中，尤其是金角，那是铁了心要吃唐僧肉。银角被抓，洞府被占，一败涂地的时候，他还跑去汇合干娘那边的阿七大王再战孙悟空，当然，还是被秒杀。如果是托儿，这也太敬业了吧？

　　而且，银角对唐僧的情况一无所知，直到日子差不多了金角才告诉他。如果是托儿，为什么要被金角蒙在鼓里呢？

　　那么，我们再联系金角那句话：我当年出天界，尝闻得人言：唐僧乃金蝉长老临凡，十世修行的好人，一点元阳未泄。有人吃他肉，延寿长生哩。

　　再联想一下太上老君在《西游记》里最拿手的技能——放得一手好水！那么整个过程，想必大家已经了然于心：

　　观音菩萨和太上老君聊天聊得起劲，讲到了唐僧肉的"功效"，故意让在人间妖怪亲戚多、善于临摹绘画的金角听到（还让他看到了师徒四人的画像，甚至知道了他们的行程）。金角有了歹念。最后太上老君故意放水，五个宝贝都被金角弄去，金角伙同银角，下界为妖。

　　所以，这才有日值功曹知道金角有唐僧师徒的画像，才知道金角点名要抓他们。当然，有一点日值功曹和观音菩萨、太上老君失算了，那就是这个金角直到最后才告诉银角这件事。在日值功曹说这话的时候，整个计划依然在金角的脑子里。

　　为什么要散布这样的一个传言呢？原因很简单。我之前已经分析过，佛祖送给唐僧宝贝袈裟和禅杖，说是可以消灾，实际上是吸引沿途妖怪和官僚派势力等敌人的注意力，最后利用孙悟空的战斗力和人脉将其名正言顺地消灭。可惜啊，除了附庸风雅的黑熊怪，没有人对这两件宝贝感兴趣。

但是，想吃唐僧肉的妖怪倒不少，比如说之前的寅将军、黄风怪。而在散布这个传言之后，更是连战斗力很弱的白骨精都愿意冒着生命危险争取唐僧肉！

实际上呢，这肯定是无稽之谈。因为这些妖怪听说的都是"有人吃了唐僧一块肉，长生不老了"。实际上，通篇下来，也没听说有谁吃了唐僧肉。

话说回来，不得不说这一个情节是《西游记》中最精彩的情节之一，可惜电视剧普遍没有表现出来。孙悟空在这里表现出了极高的智慧、武力和法力，不仅几次骗得宝贝，打得妖怪落花流水，还在金角有芭蕉扇的情况下打了胜仗，并且秒杀了看似强大的阿七大王，看起来实在是大快人心。或许正因为写得精彩，才让人忽略了背后的隐情吧。

至于师徒关系，在这个情节中并没有被忽略。唐僧与孙悟空此时达成了一种默契，唐僧需要孙悟空的保护，孙悟空需要唐僧才能参与取经，双方相处还算融洽。毕竟之前赶走孙悟空，险些让整个取经团队解散。而在妖怪洞府里，孙悟空几次戏弄猪八戒，变成妖怪干娘说要吃猪八戒的耳朵，变成小妖要打猪八戒的嘴，实际上，也等于是报打白骨精那次的进谗言之仇吧。

点化悟空的小插曲

前弦之后后弦前，药味平平气象全。

采得归来炉里炼，志心功果即西天。

要是没看过《西游记》原著的，你跟他说，这是孙悟空写的诗，想必没几个能信。在第三十六回中，唐僧再一次表现出脓包和无能，遇事只会哭，孙悟空出面让他能够在宝林寺住上好宿舍，可他看个月亮还想家。所以孙悟空吟了这首诗，告诉唐僧一些关于月亮的哲理。最后几乎弄了个赛诗会，猪八戒、沙僧各自吟了首诗，终于使得唐僧茅塞顿开（不是个称职的师父，倒像个徒弟）。

孙悟空点化唐僧，那么，有人点化孙悟空吗？其实，接下来的情节，就是在点化孙悟空。

这个情节就是乌鸡国的故事，孙悟空点化唐僧的是哲理，而这个故事点化孙悟空的，则是现实。

在张纪中版电视剧《西游记》中，孙悟空望着西边的夕阳，说了句："原来都是圈子啊……"这话也算道出了取经计划的实质。不过，电视剧里孙悟空是在降伏了青牛精的时候说的这番话，而在书中，孙悟空更应该在乌鸡国这个情节之后说这番话。

乌鸡国狮猁怪最后的结局，尤其是央视版电视剧中的结局，很能让人信服那个理论：《西游记》里有背景的妖怪都被带走了，没背景的都被打死了。实际上这个观点是非常错误的，有背景的也有被打死的，没背景的也有自己跑掉的。闲话不多说，我们来仔细看看整个狮猁怪故事中值得注意的地方。

前面的故事，大家应该都知道，国王化作鬼魂来找唐僧申冤。然后按计划上演了一场宫斗剧，孙悟空带着真国王打败了假国王。国王的鬼魂找唐僧申冤的时候，和唐僧有这么几句对话：

三藏道："陛下，那怪倒有些神通，变作你的模样，侵占你的乾坤，文武不能识，后妃不能晓，只有你死的明白；你何不在阴司阎王处具告，把你的屈情伸诉，伸诉？"

那人道："他的神通广大，官吏情熟，都城隍常与他会酒，海龙王尽与他有亲，东岳天齐是他的好朋友，十代阎罗是他的异兄弟。因此这般，我也无门投告。"

三藏道："陛下，你阴司里既没本事告他，却来我阳世间作甚？"

那人道："师父啊，我这一点冤魂，怎敢上你的门来？山门前有那护法诸天、六丁六甲、五方揭谛、四值功曹、一十八位护教伽蓝，紧随鞍马。却才被夜游神一阵神风，把我送将进来，他说我三年水灾该满，着我来拜谒师父。他说你手下有一个大徒弟，是齐天大圣，极能斩怪降魔。今来志心拜恳，千乞到我国中，拿住妖魔，辨明邪正，朕当结草衔环，报酬师恩也！"

三藏道："陛下，你此来是请我徒弟与你去除却那妖怪么？"

那人道："正是！正是！"

这里为后文卖了个关子，让我们觉得这个妖怪非常有来头，很容易让人误会该妖怪是个脱离天界的官僚派大佬，搞得这个国王叫天不应，叫地不灵，比窦娥还冤。而在后面，又说是"三年水灾该满"，而他还是夜游神"引荐"的，特地来找孙悟空申冤的。最有意思的是，这个庙里没啥妖怪，护法诸天、六丁六甲等这些酱油党竟然全在……

狮猁怪最后的结局怎么样呢？

行者道："菩萨，这是你坐下的一个青毛狮子，却怎么走将来成精，你就不收服他？"

菩萨道："悟空，他不曾走，他是佛旨差来的。"

行者道："这畜类成精，侵夺帝位，还奉佛旨差来。似老孙保唐僧受苦，就该领几道敕书！"

菩萨道："你不知道。当初这乌鸡国王，好善斋僧，佛差我来度他归西，早证金身罗汉。因是不可原身相见，变做一种凡僧，问他化些斋供。被吾几句言语相难，他不识我是个好人，把我一条绳捆了，送在那御水河中，浸了我三日三夜。多亏六甲金身救我归西，奏与如来，如来将此怪令到此处推他下井，浸他三年，以报吾三日水灾之恨。'一饮一啄，莫非前定。'今得汝等来此，成了功绩。"

行者道："你虽报了甚么'一饮一啄'的私仇，但那怪物不知害了多少人也。"

菩萨道："也不曾害人，自他到后，这三年间，风调雨顺，国泰民安，何害人之有？"

行者道："固然如此，但只三宫娘娘，与他同眠同起，点污了他的身体，坏了多少纲常伦理，还叫做不曾害人？"

菩萨道："点污他不得，他是个骟（阉割）了的狮子。"……那菩萨却念个咒，喝道："畜生，还不皈正，更待何时！"那魔王才现了原身。菩萨放莲花罩定妖魔，坐在背上，踏祥光辞了行者。

大家看，确实有背景，而且确实被带走了。但是问题就在于，他根本算不上一个妖怪。

什么才算妖怪呢？广义上说，一切非人类的东西修炼成人，都是妖怪。但是狭义上说，还得符合两个条件，一个是脱离或暂时脱离天界在凡间生活，另一个是危害人民群众的生命财产安全。

这个狮猁怪从狭义上说，身为文殊菩萨的坐骑，既没有脱离天界（他不曾走，他是佛旨差来的），又没有危害人民群众的生命财产安全（也不曾害人），完全算不得妖怪。

那么，这和点化孙悟空有啥关系呢？其实主观上文殊菩萨并没有对孙悟空说什么，但是在客观上，给了孙悟空一个极大暗示：一饮一啄，莫非前定！

大家看，其实整件事情无非是佛派惩罚一个无道的国王，给他一个小小的教训。他不听劝谏，把菩萨变的善人浸在水里整整三天，于是佛派决定把他放在水里浸泡三年。佛派已经算得清清楚楚，三年后，正好唐僧和孙悟空等人差不多就到这儿了，把国王起死回生、回到王位这些善后工作交给他们就好，反正有太上老君的丹药支持。

这样的一件小事情，却紧紧扣在取经计划中，佛派高层算得非常精确。再联系前面发生的三件事：取经团队收服偷佛派灯油的黄风怪，揭露黄袍怪的性丑闻，金角下凡传播唐僧肉的传言。我们差不多就可以知道，取经团队的人其实都是在高层的掌控之中，而且连时间都算得准准的。

连我们都能猜到的，以孙悟空的智商，想不到才怪。什么？你说孙悟空智商不怎么样？请看这个情节开始的第三十六回，作者写孙悟空说哲理、口占七绝诗，可不是平白无故的废话。这里头"妙处难与君说"，还是自己去慢慢体会吧。

水火之灾

在《西游记》第四十到四十三回，讲了两个故事：号山的红孩儿和黑水河的鼍龙，这两个故事一火一水，对应得十分有趣。

首先，在两个故事的开始，都有一定的征兆。

红孩儿：师徒们正当悚惧，又只见那山凹里有一朵红云，直冒到九霄空内，结聚了一团火气。行者大惊，走近前，把唐僧搊着脚，推下马来，叫："兄弟们，不要走了，妖怪来矣。"慌得个八戒急掣钉钯，沙僧忙轮宝杖，把唐僧围护在当中。

小鼍龙：唐僧下马道："徒弟，这水怎么如此浑黑？"八戒道："是那家泼了靛缸了。"沙僧道："不然，是谁家洗笔砚哩。"行者道："你们且休胡猜乱道，且设法保师父过去。"

其次，两个妖怪都是冲着唐僧肉去的。

红孩儿：数年前，闻得人讲："东土唐僧……乃是……十世修行的好人。有人吃他一块肉，延生长寿，与天地同休。"他朝朝在山间等候，不期今日到了。（又是个被骗的，有人吃他肉，谁呢？也不动脑子想想。）

小鼍龙：又听得那怪物坐在上面道："一向辛苦，今日方能得物。这和尚乃十世修行的好人，但得吃他一块肉，便做长生不老人。我为他也等够多时，今朝却不负我志。"

两个妖怪都是通过变化来欺骗唐僧等人的。红孩儿变作遭遇抢劫的儿童，小鼍龙变成一个艄公。

最有意思的是，两个妖怪论起来都是孙悟空的晚辈。红孩儿是孙悟空早年结拜兄弟牛魔王的后代，小鼍龙是孙悟空邻居东海龙王的兄弟西海龙王的外甥。

然后，两个妖怪都是请人来降伏的，观音菩萨降伏了红孩儿，并且招收他当会计；西海龙王太子收服了小鼍龙，带回了西海。

如果再细细说来，这两个妖怪性格上还有个共同点，而且是优点，那就是孝顺。红孩儿抓了唐僧，并不是自己一个人吃，还叫手底下六个心腹小妖去请父亲牛魔王来一起吃，想让他爸也长生不老。

而小鼍龙身世非常可怜。父亲是泾河龙王，就是在长安下雨自作主张被斩的那个（做了佛派和真人派的炮灰），一直寄养在舅舅西海龙王家里，后来母亲死了，他才来到这黑水河住下。所以他请的不是父母，而是舅舅西海龙王，说是给舅舅"暖寿"。暖寿是古时民俗的一种，即在生日的前一天置酒祝贺。身为外甥把舅舅生日记得这么清楚，不容易啊。

不过，我想大家看我写这些，一定远不如看我分析孙悟空和红孩儿的实力来得过瘾。在分析之前，我们首先要了解红孩儿这个人物。

首先，红孩儿不是个小孩，这一点大家一定要搞清楚：他曾在火焰山修行了三百年，炼成'三昧真火'，却也神通广大。牛魔王使他来镇守号山，乳名叫红孩儿，号圣婴大王。

仅仅修行就有三百年，而且是专门修炼火属性的法术。相比较而言，孙悟空的法力更加全面，在前期的斗法中，处处占上风：

行者心中暗想："这泼怪不知在那里，只管叫阿叫的；等我老孙送他一个'卯酉星法'，教他两不见面。"……他让唐僧先行几步，却念个咒语，使个移山缩地之法，把金箍棒往后一指，他师徒过此峰头，往前走了，却把那怪物撇下。他再拽开步，赶上唐僧，一路奔山。

这个法力相当厉害，等于是瞬间移动，原本红孩儿在唐僧前面叫唤，被孙悟空这么一弄，弄到了他们身后。另外，红孩儿两次升空查看敌情，都被孙悟空发现，这一点连红孩儿都"在半空中称羡不已"。

最后妖怪欺骗唐僧得逞，让孙悟空背他，随后使了个重身法，想压死孙悟空：

便就使个神通，往四下里吸了四口气，吹在行者背上，便觉重有千斤。行者笑道："我儿啊，你弄重身法压我老爷哩！"那怪闻言，恐怕大圣伤他，却就解尸，出了元神，跳将起去，伫立在九霄空里。这行者背上越重了。猴王发怒，抓过他来，往那路旁边赖石头上滑辣的一掼，将尸骸掼得像个肉饼一般。还恐他又无礼，索性将四肢扯下，丢在路两边，俱粉碎了。

这一次，要不是孙悟空话多说漏了，而且红孩儿反应又快，也就没后面的事情了。同时，在武力的对决中，要不是猪八戒抢功来了个两打一，逼红孩儿使出了三昧真火，孙悟空"取巧儿捞他一棒,却不是好?"。毕竟使出三昧真火对于红孩儿来说非常痛苦,要用拳头捶自己的鼻子。

另外,孙悟空真的怕三昧真火吗?

这行者神通广大,捏着避火诀,撞入火中,寻那妖怪。那妖怪见行者来,又吐上几口,那火比前更胜……行者被他烟火飞腾,不能寻怪,看不见他洞门前路径,抽身跳出火中。那妖精……见行者走了,却才收了火具,帅群妖,转于洞内,闭了石门,以为得胜……

这里作者的意思很明显,孙悟空是不怕这个火的,这个火对孙悟空来说充其量就是个烟雾弹的作用。红孩儿的志得意满,在作者看来也只是"以为得胜",自我感觉良好罢了。

那么,所谓的孙悟空被红孩儿烧死是怎么回事呢?这是因为,这个火不怕水,三昧真火遇到龙王的水之后反而变得更旺,最可怕的是起了很多烟:

大圣……轮铁棒,寻妖要打。那妖见他来到,将一口烟,劈脸喷来。行者急回头,熻得眼花雀乱,忍不住泪落如雨。原来这大圣不怕火,只怕烟……那妖又喷一口,行者当不得,纵云头走了……这大圣一身烟火,炮燥难禁,径投于涧水内救火。怎知被冷水一逼,弄得火气攻心,三魂出舍。可怜气塞胸堂喉舌冷,魂飞魄散丧残生!

这里大家要清楚,孙悟空虽然炼成了火眼金睛,但是火眼金睛的副作用就是眼睛怕烟——毕竟火眼金睛本质上就是被丹炉的烟熏坏了而已!而孙悟空的魂飞魄散,不是被火烧死了,而是温差过大造成的,后文也提到了:原来那行者被冷水逼了,气阻丹田，不能出声。

充其量，也就是个温差过大导致的假死！

其次，在之后孙悟空却亲口承认自己不如红孩儿，说是得请个本事更大的人才能降伏红孩儿。这一段经常被人当真，实际上，这就是孙悟空消极怠工的说辞罢了。要知道，孙悟空可不是那种勤快的人。在第四十回开头孙悟空就说自己"是这般懒散"。何况那妖怪能发射孙悟空最怕的烟，而且是"三昧真烟"，最后还来这么一下假死，估计是谁都想偷懒了。

肯定有人会问了，你说这话可有证据？呵呵，当然有，俺这辈子就指望着证据过日子呢。

在孙悟空说这话的时候，还提到自己现在身体虚弱，腰酸背痛腿抽筋，连筋斗云都驾不了，怂恿猪八戒去找观音菩萨。可是在猪八戒被红孩儿变的观音菩萨骗走后：

好大圣，说话间躲离了沙僧，纵筋斗云，径投南海。在那半空里，那消半个时辰，望见普陀山景。

沙僧也曾质疑，你不是腰疼吗，怎么又能驾筋斗云了？孙悟空一句"人逢喜事精神爽"就给搪塞了。

到此孙悟空与红孩儿实力对比，我想大家有答案了吧？

最后我就黑水河小鼍龙再说一句，可能很多人不知道鼍龙是啥，其实鼍龙就是扬子鳄。很多原著衍生的文艺作品里写成是乌龟、大鳖啥的，这是不对的。大鳖叫鼋，和鼍不是一回事，虽然字很像。

官僚派再次受挫

　　我估计参加取经团队之后，孙悟空最快活的时候就是在车迟国。因为在这儿，他可谓是出尽了风头。不仅一展法术打败了三个"妖道"，而且在车迟国和尚们的心中，俨然是个救世主。

　　……众僧道："他在梦寐中劝解我们，教'不要寻死，且苦捱着，等那东土大唐圣僧，往西天取经的罗汉。他手下有个徒弟，乃齐天大圣，神通广大，专秉忠良之心，与人间报不平之事，济困扶危，恤孤念寡。只等他来显神通，灭了道士，还敬你们沙门禅教哩。'"……

　　……那和尚道："我认得你是齐天大圣孙爷爷。我们夜夜梦中见你。太白金星常常来托梦，说道，只等你来，我们才得性命。今日果见尊颜与梦中无异。爷爷呀，喜得早来！再迟一两日，我等已俱做鬼矣！"……

　　可见在孙悟空到车迟国之前，太白金星等人就已经跑过来通风报信。换句话说，车迟国的问题，佛派就等着他们西天取经路过的时候来解决。

　　而且，从这个开头的铺垫来看，这些妖道似乎牵扯到很多人，六丁六甲通风报信也就算了，连太白金星都出马了。再者还摆了一个迷魂阵，这几个妖怪不仅是道士，还正儿八经地拜"三清"。孙悟空等人变化成"三清"去吃贡品，他们也毕恭毕敬，"圣水"虽然"不甚好吃"，还有些"猪溺臊气"，但是也都忍着喝了。

这很能让人产生疑问：他们作为真人派的信徒，为何取经团队还要将其消灭？为何他们作为真人派的信徒，却对真人派扶持的佛派弟子如此凶残？

其实，深究起来，这三个妖道与真人派毫无关系，相反，他们分明是官僚派在人间的爪牙！

我们来反推一下，假设他们真的是真人派的信徒，那么以他们的法力，为何却对"三清"一无所知？就如同孙悟空嘲笑他们时说的一样：道号！道号！你好胡思！那个三清，肯降凡基？

而且，他们之所以能够在这里立足，就是先用一场求雨赢得了国王的信任。而修建三清观供奉"三清"，并不是出于对"三清"的敬仰，而是为了感动国王：兴盖三清观宇，对天地昼夜看经忏悔，祈君王万年不老，所以就把君心感动了。

相比之下，他们与官僚派的关系可不简单。如果说"三清"高高在上，他们高攀不得，那么，与"三清"地位几乎同等的玉皇大帝，为何他们可以轻易与之交流呢？大家看他们后来比赛求雨时的一个细节：

那大仙走进去，更不谦逊，直上高台立定。旁边有个小道士，捧了几张黄纸书就的符字，一口宝剑，递与大仙。大仙执着宝剑，念声咒语，将一道符在烛上烧了。那底下两三个道士，拿过一个执符的像生，一道文书，亦点火焚之。那上面乒的一声令牌响，只见那半空里，悠悠的风色飘来，猪八戒口里作念道："不好了！不好了！这道士果然有本事！令牌响了一下，果然就刮风！"……

……天君道："那道士五雷法是个真的。他发了文书，烧了文檄，惊动玉帝，玉帝掷下旨意，径至'九天应元雷声普化天尊'府下。我等奉旨前来，助雷电下雨。"……

我想我已经不用多说了，他的文书可以直通玉帝，让玉帝下旨降雨！而且，速度很快，五个令牌一发，雨就来了，可见玉帝不仅配合他们，还对此事非常重视。

那么整个事情的来龙去脉我想大家已经很清楚了。车迟国原本应该是个佛道和谐的国家。而天庭官僚们看这里佛教势力大（本处和尚，也共有二千馀众）不爽，这三个"大仙"就帮那些神仙官僚到这里利用国王破坏佛教，让这里成为官僚派独大的地区。

其实官僚派还有个小算盘，那就是这三个"大仙"都是动物所幻化，本质上说是妖怪，就算来个胆大的把这三个"大仙"杀了，也怪不得天庭。所以这三个"大仙"有点炮灰的意思，也不怪他们完全不知道官僚派与真人派的矛盾，见了"三清"照样跪拜。

斗法的环节，前面求雨、打禅、猜物没啥技术含量，我也就不多分析了，我们来看看后面那些限制级的斗法：砍头、切腹、下油锅。

还有一点不得不说，就是那个五雷法不仅可以与玉帝沟通，有的时候甚至是尚方宝剑一样的存在，可以给一些小神仙下命令，在虎力大仙与孙悟空比赛砍头的时候：

> 鹿力大仙……即念咒语，教本坊土地神祇："将人头扯住……"原来那些土地神祇因他有五雷法，也服他使唤，暗中真个把行者头按住了。行者又叫声："头来！"那头一似生根，莫想得动。行者心焦，捻着拳，挣了一挣，将捆的绳子就皆挣断，喝声："长！"飕的腔子内长出一个头来。

这就更能说明问题了。而后面的切腹比赛，显得平白无奇，就是写得有点恶心，我就不说了，免得影响大家吃饭。

在下油锅比赛中，倒是出了不少有意思的情节，比如孙悟空装死，唐僧还哭着去祭奠。而且，五雷法再次出现：

> 唬得那龙王喏喏连声道："敖顺不敢相助。大圣原来不知。这个孽畜，苦修行了一场，脱得本壳，却只是五雷法真受，其馀都躐了旁门，难归仙道。这个是他在小茅山学来的'大开剥'。那两个已是大圣破了他法，现了本相。这一个也是他自己炼的冷龙，只好哄瞒世俗之人耍子，怎瞒得大圣！小龙如今收了他冷龙，管教他骨碎皮焦，显甚么手段。"

到了这里，证明他们是官僚派爪牙的证据也都有了。现在唯一还需要解释的事情就是为何在国王见证了国师们屡次斗法失败，最后虎力大仙、鹿力大仙的尸体都呈现原形的时候，依然相信他们。

话说到这里，我们又得回过头看现实生活——作者所处时代的政坛。其实在这里，作者有意黑了嘉靖皇帝。如果仔细说起来太复杂，长话短说就是，就算国王知道自己错了，为何要急着承认错误呢？

那监斩官又来奏："万岁，大国师砍下头来，不能长出，死在尘埃，是一只无头的黄毛虎。"国王闻奏，大惊失色。目不转睛，看那两个道士。鹿力起身道："我师兄已是命到禄绝了，如何是只黄虎！这都是那和尚怠懒，使的掩样法儿，将我师兄变作畜类！……"国王听说，方才定性回神。

大家看，国王知道后也非常害怕，两眼目不转睛地看着另外两个道士。而鹿力大仙一番话，就让国王缓过劲儿来。其实国王害怕什么呢？就算三个国师是妖怪，他也不相信这仨能够害他：

行者上殿扯住道："陛下不要走，且教你三国师也下下油锅去。"那皇帝战战兢兢道："三国师，你救朕之命，快下锅去，莫教和尚打我。"

大家看，鹿力大仙的原形都出来了，国王还指望三国师去"救他"。可见，鹿力大仙的那番话不是让国王以为他们仨不是妖怪，而是让国王有个台阶下——国王怕的不是妖怪，而是怕承认错误，怕承认自己错看忠奸。

到最后，还是孙悟空把事情扩大化，扬言这仨妖怪会害了国王的命，这才让国王"醒悟"。最后孙悟空的官话说得也非常好：望你把三教归一：也敬僧，也敬道，也养育人才。我保你江山永固。

这一次，孙悟空可真是赚足了面子，威望杠杠的。

佛派的失误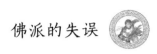

　　其实古代小说大多存在龙头鼠尾的毛病，说得通俗点，就是作者写到后面渐渐有点懒，行文越来越水或者越来越简单。典型的就是《水浒传》，那后面十几回水的……

　　而《西游记》有个特殊性，毕竟后面是个大团圆的结局，所以万万不能在后面水，不然没人看；而又要凑够九九八十一难，所以只能在中间水一水。我们分析到现在，已经分析完了前四十七回。从四十七回开始，作者其实有点真的水了。

　　从四十七回到五十五回，讲了通天河水怪、青牛精、女儿国三个故事，其实没有什么新鲜的东西，都是在强调或者重复之前的暗示，比如唐僧肉传言的起源、佛派与真人派的关系以及唐僧的凡心等。

　　这一章呢，咱们讲讲通天河的水怪灵感大王。我认为，这个灵感大王的出现，来源于佛派的一个失误。说这个失误之前，我们先来分析下这个人物。

　　这个灵感大王非常的邪恶，属于那种十恶不赦的妖怪。在已经出现的妖怪中，灵感大王估计是最坏的了。因为妖怪都吃人，但是专门吃小孩，还特地让父母亲自送小孩给自己吃的妖怪，就他一个。陈氏兄弟都人到中年了，难得各有一个孩子，都是独生子女，还要吃，实在是不顾人伦。

但是，灵感大王又有个不同之处，那就是"灵感"：他把我们这人家，匙大碗小之事，他都知道。老幼生时年月，他都记得。也就是说，这灵感大王还是个爱打听事儿的八卦妖怪，家长里短都操心。

而且，这个妖怪同样知道唐僧肉的传言：一向闻得人讲：唐三藏乃十世修行好人，但得吃他一块肉延寿长生。当然，这也对应了他八婆的身份，喜欢听传言嘛。

通过这些分析，我们可以断定，这个妖怪不是某个派系特地派来的。哪怕是腐败的官僚派，也不可能派人做这种伤天害理之事，真人派、佛派就更不用说了。

但是，当孙悟空跑去找观音菩萨帮忙时，却发生了不同以往的事：

行者……对众诸天道："菩萨今日又重置家事哩。怎么不坐莲台，不妆饰，不喜欢，在林里削篾做甚？"诸天道："我等却不知。今早出洞，未曾妆束，就入林中去了。又教我等在此接候大圣，必然为大圣有事。"行者没奈何，只得等候。

不多时，只见菩萨手提一个紫竹篮儿出林，道："悟空，我与你救唐僧去来。"行者慌忙跪下道："弟子不敢催促，且请菩萨着衣登座。"菩萨道："不消着衣，就此去也。"那菩萨撇下诸天，纵祥云腾空而去。孙大圣只得相随。

字里行间，透露出一种急切。观音菩萨一整天啥事不做，赶时间做了一个篮子，出来后第一件事就是去救唐僧。换句话说，就算孙悟空没来请他，过不了多久，观音菩萨就自己去救唐僧了？

为何观音菩萨这次这么积极去救唐僧？原因很简单——这个灵感大王的成精和他有关系。果然：

菩萨道："他本是我莲花池里养大的金鱼，每日浮头听经，修成手段。……不知是那一日，海潮泛涨，走到此间。我今早扶栏看花，却不见这厮出拜。掐指巡纹，算着他在此成精，害你师父，故此未及梳妆，运神功，织个竹篮儿擒他。"

但是，观音菩萨的话有些问题。如果说这个金鱼成精的原因是每天听观音菩萨讲经，怎么会变成一个不顾人伦的变态吃人魔？要知道，观音菩萨可是大慈大悲的。

而且按照观音菩萨的观点，这个妖怪离开普陀山才几天时间，最多个把月，一两年已经不可思议了。而后面的白鼋则说了实情：

那妖邪乃九年前海啸波翻，他赶潮头，来于此处，仗逞凶顽，与我争斗；被他伤了我许多儿女，夺了我许多眷族。我斗他不过，将巢穴白白的被他占了。

也就是说妖怪在这里已经待了九年了……再者，如果他是南海的妖怪，怎么能够一直到通天河？在这东边，黑水河的小鼍龙尚且是从西海赶着潮头过来的，怎么他在更西边，反而是从南海过来的？

在观音菩萨说明妖怪来源之前的降妖过程中，则更表现出了观音菩萨的急切心理：

菩萨即解下一根束袄的丝绦，将篮儿拴定，提着丝绦，半踏云彩，抛在河中，往上溜头扯着，口念颂子道："死的去，活的住！

死的去，活的住！"念了七遍，提起篮儿，但见那篮里亮灼灼一尾金鱼，还斩眼动鳞。菩萨叫："悟空，快下水救你师父耶。"行者道："未曾拿住妖邪，如何救得师父？"菩萨道："这篮儿里不是？"

这个妖怪就这样被秒杀了，可见观音菩萨花一天时间编织这个篮子的目的就是想秒杀这个妖怪，让他瞬间化为原形，不能做任何反抗，甚至不能张口说话。

那么，观音菩萨急切地编织鱼篮法宝的原因，是否就是不想让灵感大王开口说话，隐瞒一些事实呢？我们再联系下这个妖怪的八卦性格，或许答案就水落石出了：这个妖怪并不是观音菩萨那里的金鱼，而是一个普普通通的金鱼怪，唯一不普通的就是这个妖怪特别八卦！观音菩萨急着抓他的原因，就在于这个爱八卦的妖怪知道了唐僧肉传言的源头！

前面说的观音菩萨掐指一算，算的不是这个妖怪去了哪儿，而是算出了这个妖怪知道了不该知道的事情。

除了通过再一次暗示强调了唐僧肉传言的来源，在这个情节里，唐僧害怕取经失败也被重提：

"老施主不知贫僧之苦。我当年蒙圣恩赐了旨意，摆大驾亲送出关，唐王御手擎杯奉饯，问道：'几时可回？'贫僧不知有山川之险，顺口回奏：'只消三年，可取经回国。'自别后，今已七八个年头，还未见佛面，恐违了钦限；又怕的是妖魔凶狠，所以焦虑。"

类似的，唐僧那种"全然不似出家人"的形象也有所提到。但是不得不说，这个情节的设计非常的水，这几回的行文废话也多，原本可以压缩成一回的事情愣是说了三回（四十七回到四十九回）。所以我们也不多做解释和分析，直奔下一个情节去吧。

佛道关系的暧昧

　　关于天庭的两个派别与西天佛派的关系，作者在之前的情节里头已经暗示得差不多了。从第五十回，也就是青牛怪这个情节开始，作者将之前的暗示逐一确定，也将之前卖的一些关子收了回去。

　　再说这些之前，我们先来看看这时唐僧与孙悟空的关系如何。从黄袍怪开始，唐僧与孙悟空保持了一种非常和谐的关系，唐僧依赖孙悟空的法力和武力，而孙悟空一来感激恩情，二来也需要唐僧这个吉祥物维持取经团队的稳定，完成取经计划。

　　三藏道："既不可入，我却着实饥了。"行者道："师父果饥，且请下马，就在这平处坐下，待我别处化些斋来你吃。"三藏依言下马。八戒采定缰绳，沙僧放下行李，即去解开包裹，取出钵盂，递与行者。

　　唐僧只是说自己饿了，孙悟空就自觉地跑去化缘。同样都是在化缘非常难的情况下，白骨精那次是前不着村后不着店，这次则是跑了一千里才化到斋饭（其实是偷）。打白骨精的时候两人为这事儿吵了一架，而到这里，却非常地和谐。

　　不过和谐的气氛并不能维持多久，这个在以后会告诉大家的。我们也卖个关子，仔细分析青牛怪这个情节中的猫腻。

值得注意的是，这个青牛怪的法宝非常唬人，青牛怪的武艺非常一般，唯独这个圈子一出来，就了不得了：

行者……使一条金箍棒，前迎后架，东挡西除，那伙群妖，莫想肯退。行者忍不住焦躁，把金箍棒丢将起去，喝声"变！"即变作千百条铁棒，好便似飞蛇走蟒，盈空里乱落下来。那伙妖精见了，一个个魄散魂飞，抱头缩颈，尽往洞中逃命。老魔王唏唏冷笑道："那猴不要无礼！看手段！"即忙袖中取出一个亮灼灼白森森的圈子来，望空抛起，叫声"着！"唿喇一下，把金箍棒收做一条，套将去了。弄得孙大圣赤手空拳，翻筋斗逃了性命。

而之前的一段对话，两人英雄相惜，互相夸赞，也透露出一点儿问题：

青牛怪说：好猴儿！好猴儿！真个是那闹天宫的本事！

孙悟空则随口回答：好妖精！好妖精！果然是一个偷丹的魔头！

只是两人互相夸武艺，青牛怪说孙悟空是闹天宫的本事，孙悟空随口说他也可以去偷丹。但是，孙悟空这么说是无心的，作者这么写，肯定不是无心的。

孙悟空后来根据这句"闹天宫"，猜想这个妖怪是天庭逃下去的，于是来找玉帝，让他查查有没有啥神仙下凡。孙悟空因为没了武器，跟平时比，显得非常地"怂"，不仅态度异常地好，"前倨后恭"，还写了首拍马屁的七言绝句夸玉帝的"文治武功"（其实也难说是有意说玉帝的反话，反正玉帝听不出来）：

风清云雾乐升平，神静星明显瑞祯。河汉安宁天地泰，五方八极偃戈旌。

但是，玉帝派人调查的结果却是：

满天星宿不少，各方神将皆存，并无思凡下界者。

而在后面，当初那个劝玉帝给孙悟空安排工作的许旌阳真人又出现了。说这里头没有猫腻，简直让人无法相信：

"大圣啊，玉帝宽恩，言天宫无神思凡，着你挑选几员天将，擒魔去哩。"行者低头暗想道："天上将不如老孙者多，胜似老孙者少……如今那怪物手段又强似老孙，却怎么得能戮取胜？"许旌阳道："此一时，彼一时，大不同也……但凭高见，选用天将，勿得迟疑误事。"行者道："既然如此，深感上恩。果是不好违旨……"

大家看，玉帝被孙悟空的马屁诗和友好态度弄得飘飘然，下旨要派兵帮助孙悟空。其实孙悟空是想拒绝的，理由很简单：那群"战五渣"连我都打不过，怎么打得过法宝那么厉害的妖怪呢？但是许旌阳真人却一再劝孙悟空领旨谢恩……

"元芳，你怎么看？"

"此事必有隐情！"

后来天兵天将被无情地秒杀，兵器被收走的惨状我就不多说了。在孙悟空去请如来的时候，又有耐人寻味的事情发生：

如来听说，将慧眼遥观，早已知识。对行者道："那怪物我虽知之，但不可与你说。你这猴儿口敞，一传道是我说他，他就不与你斗，定要嚷上灵山，反遗祸于我也。我这里着法力助你擒他去罢。"

知道了，但是不能说，这是多么有来头的妖怪？而且如来担心的是孙悟空舌头长，万一被他知道是如来告的密，灵山都会有威胁。作者在这里使劲卖关子，直到最后，如来的法宝也不管用了，才让降龙伏虎两个罗汉告诉孙悟空："如来吩咐我两个说：'那妖魔神通广大，如失了金丹砂，就教孙悟空上离恨天兜率宫太上老君处寻他的踪迹，庶几可一鼓而擒也。'"

我把这些情节单独摘出来讲，大家看书看到这里，估计已经熟悉了我的思路，其中的意思大家肯定也都明白了。

其实呢，这就是太上老君等真人派的一次示威。作者还特别安排了玉帝查点神仙的情节，再一次告诉我们玉帝等官僚与太上老君等真人不是一个系统，所以不受他管辖，玉帝怎么查也查不到太上老君家里。

另外，这个青牛怪的下凡也有些蹊跷，明显又是太上老君在放水：

老君大惊道："这孽畜几时走了？"正嚷间，那童儿方醒，跪于当面道："爷爷，弟子睡着，不知是几时走的。"老君骂道："你这厮如何盹睡？"童儿叩头道："弟子在丹房里拾得一粒丹，当时吃了，就在此睡着。"老君道："想是前日炼的'七返火丹'，吊了一粒，被这厮拾吃了。那丹吃一粒，该睡七日哩，那孽畜因你睡着，无人看管，遂乘机走下界去，今亦是七日矣。"

我且不说太上老君作为道教教主，真人派的领袖，做个安眠药这么不小心，被人吃了还不知道。我就问问，你怎么这么巧，连日子都算得好好的？刚好孙悟空来的时候就醒了？前面孙悟空无意间说的那个"偷丹的魔头"，还真是一语成谶。

如来为何一开始不敢说呢？很简单，佛派是真人派扶持的，如来当然不敢明说，又想自己试试能不能降伏这个妖怪，所以拿出了看家宝贝十八粒金刚砂。如来的如意算盘，应该是这样的：万一打不过，这十八粒金刚砂就送给太上老君了呗……

这也好理解许旌阳真人为何撺掇孙悟空一定要带救兵了，无非就是想让官僚派看看真人派的实力——咱头子养的牛加个法宝都能秒杀你们！

而太上老君放水让青牛怪下凡，为何偏偏让他偷走金刚镯呢？我想无非是因为金刚镯厉害，而且，作者也能趁此机会再重申一次：佛派是真人派扶持出来的——老君道："我那'金刚琢'，乃是我过函关化胡之器……"

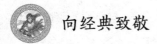

向经典致敬

生命与爱情，是人类艺术的两大永恒主题。然而一旦过了界，就是暴力与色情。在元代杂剧《西游记》中，女儿国"女王逼配"这个情节那是不折不扣的荤段子。或许正因为这个"荤"字，这个情节成了街谈巷议的经典，所以在明代小说《西游记》中，"女儿国"这个情节也非常出彩，其原因也有不少向"经典"致敬的意思。

作者或许想到，通篇下来，他写的都是无关风月的，突然来这么一个"大汤水"，估计读者受不了。所以在前面安排了一个喝水怀孕的小插曲，顺便借老婆婆之口，给咱们一个暗示：

婆婆道："我一家儿四五口，都是有几岁年纪的，把那风月事尽皆休了，故此不肯伤你。若还到第二家，老小众大，那年小之人，那个肯放过你去！就要与你交合。假如不从，就要害你性命，把你们身上肉，都割了去做香袋儿哩。"

可见这个女儿国，不是啥好待的地方，尤其是对于和尚来说。而孙悟空借水的时候，又一次遇到了和牛魔王有关的人，而且看在牛魔王的面子上，孙悟空还在打斗时让了他不少。这也都是在为后面的高潮埋伏笔，这个，我们以后慢慢说。进入女儿国城中之后的情节发展，才是我们这个章节的重点。

按照我们之前的种种分析，唐僧本质上就是个凡人，在女儿国中也是这样。而且，唐僧在女儿国面对婚姻和荣华富贵的表现，则更加露骨。毕竟跟《三藏不忘本，四圣试禅心》中的家财万贯良田千顷比起来，这个诱惑力更大。

二官拜毕起来，侍立左右道："御弟爷爷，万千之喜了！"三藏道："我出家人，喜从何来？"太师躬身道："此处乃西梁女国，国中自来没个男子。今幸御弟爷爷降临，臣奉我王旨意，特来求亲。"

三藏道："善哉！善哉！我贫僧只身来到贵地，又无儿女相随，止有顽徒三个，不知大人求的是那个亲事？"

驿丞道："下官才进朝启奏，我王十分欢喜道，夜来得一吉梦，梦见金屏生彩艳，玉镜展光明。知御弟乃中华上国男儿，我王愿以一国之富，招赘御弟爷爷为夫，坐南面称孤，我王愿为帝后。传旨着太师作媒，下官主婚，故此特来求这亲事也。"三藏闻言，低头不语。

太师道："大丈夫遇时，不可错过。似此招赘之事，天下虽有；托国之富，世上实稀。请御弟速允，庶好回奏。"长老越加痴痖。

听到女儿国官员的话，唐僧的表现先是装傻（事先孙悟空已经预料到了国王会求亲）。然而听到女儿国王不仅要求亲，还愿意把整个国家交给唐僧的时候，唐僧不说话了，而且低着头，很明显有些心动。最后太师的一句话，则让唐僧无比纠结。

实际上在这时候，孙悟空和猪八戒都已经知道唐僧的意思，唐僧那种高高在上的形象荡然无存，两个徒弟纷纷拿唐僧开玩笑：

八戒在旁掬着碓挺嘴，叫道："太师，你去上复国王：我师父乃久修得道的罗汉，决不爱你托国之富，也不爱你倾国之容；快些儿倒换关文，打发他往西去，留我在此招赘，如何？"

太师闻说，胆战心惊，不敢回话。驿丞道："你虽是个男身，但只形容丑陋，不中我王之意。"

八戒笑道："你甚不通变。常言道：'粗柳簸箕细柳斗，世上谁见男儿丑？'"

行者道："呆子，勿得胡谈，任师父尊意。可行则行，可止则止，莫要担阁了媒妁工夫。"

三藏道："悟空，凭你怎么说好！"行者道："依老孙说，你在这里也好。自古道：'千里姻缘似线牵'哩。那里再有这般相应处？"

三藏道："徒弟，我们在这里贪图富贵，谁却去西天取经？那不望坏了我大唐之帝主也？"

这里猪八戒就有点像杨版《西游记》里的孙悟空了（元代版孙悟空经典台词：娘娘，我师父是童男子，吃不得大汤水，要便我替）。然而唐僧立即醒悟，这事儿做不得——他存在的意义就在于他在宣传中是个完美的和尚，一旦这个形象破灭，整个取经就失去了意义，就算神魔放过他，李世民也会以抗旨的罪名将其处死。

当然，孙悟空这时候也学乖了，给了唐僧台阶下，并且保证有法子离开女儿国。

可是，脱得烟花网，又遇风月魔。《西游记》里最为奇特的妖怪蝎子精出场了。

首先，这个妖怪是第一个想和唐僧"耍风月儿去来"的女妖。不过这个也好理解，她长期住在女儿国，要吃人还是有很多的，唯独在感情生活上找不到寄托。毕竟路过女儿国的男人太少，不然怎么一个光头唐僧就把女王给迷得神魂颠倒。

其次，这个妖怪的武艺法力非常刁钻，而且口气很大。

那怪道："孙悟空，你好不识进退！我便认得你，你是不认得我。你那雷音寺里佛如来，也还怕我哩。量你这两个毛人，到得那里！都上来，一个个仔细看打！"

不仅全然不把孙悟空放在眼里，并且扬言如来都怕她！

诡异的是，她还真有吹牛的资本。孙悟空连同猪八戒两个联手打她一个，她竟然能够抵得住，而且还发了一个暗器伤了孙悟空，第二次作战又伤了猪八戒。

最后，观音菩萨现身，说这个妖怪还真的伤害过如来。但是，看起来如此厉害的妖怪，却怕一个小小的昴日星官。当然，这也好理解，昴日星官是鸡，妖怪是蝎子，正好生生相克。战斗过程也是秒杀，堪称"听声死"：

那怪赶过石屏之后，行者叫声"昴宿何在？"只见那星官立于山坡上，现出本相，原来是一只双冠子大公鸡，昂起头来，约有六七尺高，对着妖精叫一声，那怪即时就现了本像，是个琵琶来大小的蝎子精。星官再叫一声，那怪浑身酥软，死在坡前。

但是，是否可以就此判断昴日星官的实力在如来之上呢？显然不可以，这个蝎子精实际上厉害的无非是她的毒。在文中，丝毫看不到她除了毒还有什么拿得出手的法术。而因为这次营救唐僧具有前所未有的复杂性，所以三个师兄弟有点手忙脚乱也正常。

但是在这一次，唐僧和孙悟空的矛盾重新被激化。一来是孙悟空和猪八戒知道了唐僧凡心不死。二来，在营救唐僧的过程中，每次作战之前孙悟空都要试探唐僧一下，生怕唐僧禁不住诱惑，到最后救了也是白救。这种不信任，对唐僧来说近乎羞辱。所以在下面的故事里，取经团队内部出现了非常大的分歧与矛盾。

最后我再来插一句，猜想下唐僧为啥抵制住了妖怪的诱惑。一来当然是心理障碍，一个动物变化的人，长得再漂亮心里肯定迈不过那个坎儿；二来就如唐僧自己说的，"我的真阳为至宝，怎肯轻与你这粉骷髅。"三来嘛，估计这个妖怪长得不好看：

那女怪正出房门，只见四五个丫鬟跑进去报道："奶奶，昨日那两个丑男人又来把前门已打碎矣。"那怪闻言，即忙叫："小的们！快烧汤洗面梳妆！"

打架还要化妆，可以想象，这妖怪素颜不能看的！

悟空终于长大了（上）

　　真假美猴王这个情节，有很多种解释。甚至有人说，在这时候真孙悟空已经被如来打死了，后来的孙悟空是六耳猕猴。真是这样吗？也有人对六耳猕猴是否真的存在表示怀疑。

　　无论假孙悟空是否存在，整个事情的起因都是师徒的矛盾。上一章我们说过，这时候的唐僧与徒弟们之间其实已经埋下了矛盾的种子，之前那种和谐的局面即将被打破。在第五十六回一开始，师徒间的对话与举动就已经颇为诡异了：

　　长老勒马回头叫道："悟空，前面有山，恐又生妖怪，是必谨防。"行者等道："师父放心。我等皈命投诚，怕甚妖怪！"长老闻言甚喜。加鞭催骏马，放辔趱蛟龙。

　　注意两点：第一，说话的是孙悟空"等"，意味着沙僧、猪八戒也这样说；第二，话中说的是"我等皈命投诚，怕甚妖怪"，一来暗骂唐僧心不坚定，二来嘲讽唐僧："恐又生妖怪"。

　　让大家想象不到的是，第一个公开发作表示不满的，是猪八戒：

　　猪八戒卖弄精神，教沙和尚挑着担子，他双手举钯，上前赶马。那马更不惧他，凭那呆子嗒嗒的赶，只是缓行不紧。行者道："兄弟，你赶他怎的？让他慢慢走罢了。"八戒道："天色将晚，自上山行了这一日，肚里饿了，大家走动些，寻个人家化些斋吃。"行者闻言道："既如此，等我教他快走。"把金箍棒晃一晃，喝了一声，那马溜了缰，如飞似箭，顺平路往前去了。

这个桥段，在第二十三回《三藏不忘本，四圣试禅心》里也出现过。当时是猪八戒不知道龙马的身世，孙悟空特地演示小白龙的速度与激情。那次演示简直把唐僧当空气，不怕唐僧，是孙悟空威望的体现。而这次则是猪八戒有意重复这样一件事情，让孙悟空做大。

之后遇到强盗。在这样的危难面前，唐僧表现出一如既往的软弱无能，竟然把孙悟空供了出去。明摆着，唐僧是希望孙悟空出面摆平这件事情。而三个徒弟久不见师父，却在那里怡然自得：

却说三个撞祸精，随后赶来。八戒呵呵大笑道："师父去得好快，不知在那里等我们哩。"忽见长老在树上，他又说："你看师父。等便罢了，却又有这般心肠，爬上树去，扯着藤儿打秋千耍子哩！"行者见了道："呆子，莫乱谈。师父吊在那里不是？你两个慢来，等我去看看。"好大圣，急登高坡细看，认得是伙强人。心中暗喜道："造化！造化！买卖上门了！"

猪八戒的表现是呵呵大笑，看到师父被吊在树上还在那取笑（当然不排除他真的呆）。孙悟空看到是一伙强盗，反而开心。不过，孙悟空说的买卖到底是啥意思呢？

三藏道："他打的我急了，没奈何，把你供出来也。"行者道："师父，你好没搭撒。你供我怎的？"三藏道："我说你身边有些盘缠，且教道莫打我，是一时救难的话儿。"行者道："好！好！好！承你抬举。正是这样供。若肯一个月供得七八十遭，老孙越有买卖。"……那长老得了性命，跳上马，顾不得行者，操着鞭，一直跑回旧路。

可见，孙悟空说的买卖，就是唐僧的依赖。因为唐僧是取经团队法定头目，唐僧越是依赖孙悟空，孙悟空就越可以成为团队的核心。但是也可以看到，唐僧逃命的时候却完全不顾孙悟空，一路投奔沙僧和猪八戒。

在后来孙悟空杀人的时候，其实已经手下留情了，只杀了其中两个。而且，这时候杀人其实是一种对唐僧的示威。庆幸的是，这一次猪八戒很配合：

八戒听说打出脑子来，慌忙跑转去，对唐僧道："散了伙也！"三藏道："善哉！善哉！往那条路上去了？"八戒道："打也打得直了脚，又会往那里去走哩！"三藏道："你怎么说散伙？"八戒道："打杀了，不是散伙是甚的？"三藏问："打的怎么模样？"八戒道："头上打了两个大窟窿。"三藏教："解开包，取几文衬钱，快去那里讨两个膏药与他两个贴贴。"八戒笑道："师父好没正经。膏药只好贴得活人的疮肿，那里好贴得死人的窟窿？"

在向唐僧汇报的过程中，猪八戒表明了一个意思：师兄杀了人，如果你赶走孙悟空，我们只有散伙。（打杀了，不是散伙是甚的？）而整个过程中，猪八戒的表现表面上是慌忙，实际上，一个"笑"字，凸显了他与孙悟空的默契。

而在唐僧祷告超度两个死去的强盗时，猪八戒、孙悟空都是笑嘻嘻的。唐僧之后心里也开始害怕（三藏见说出这般恶话，却又心惊），而孙悟空更是直接点明：师父，你这样祷告和教育一点儿都不好玩。（师父，这不是好耍子的勾当。）

到了这时候，作者已经直接点明：

孙悟空有不睦之心，猪八戒、沙僧亦有嫉妒之意，师徒都面和心不和。

在孙悟空第二次杀人的过程中，猪八戒的表现显示出他与孙悟空是一条战线的，而且一贯低调的沙僧也站到了孙悟空这边：

行者上前，夺过刀来，把个穿黄的割下头来，血淋淋提在手中，收了铁棒，拽开云步，赶到唐僧马前，提着头道："师父，这是杨老儿的逆子，被老孙取将首级来也。"三藏见了，大惊失色，慌得跌下马来，骂道："这泼猢狲唬杀我也！快拿过！快拿过！"八戒上前，将人头一脚踢下路旁，使钉钯筑些土盖了。沙僧放下担子，搀着唐僧道："师父请起。"

这段细节描写真的绝了！孙悟空把人头提在手上，特地"赶"到唐僧面前，显然是故意吓唬唐僧；而猪八戒则非常随意地将人头掩埋；沙僧那个搀的动作和那句话，更是带有嘲讽的意思。

而这次在孙悟空被彻底赶走时，孙悟空的一句话特别值得玩味："这和尚负了我心，我且向普陀崖告诉观音菩萨去来。"

《西游记》里，但凡带"心"字的话都是需要注意的。这次，唐僧负了孙悟空的心，孙悟空会怎么报复呢？而观音菩萨和真假孙悟空事件有什么关系？且听下回分解。

悟空终于长大了（中）

　　话接上一章，我们仔细瞧瞧这个真假美猴王的猫腻。首先，我们看看"真孙悟空"在观音菩萨那的一段对话：

　　行者道："既如此，我告辞菩萨去也。"菩萨道："你辞我往那里去？"行者道："我上西天，拜告如来，求念《松箍儿咒》去也。"菩萨道："你且住，我与你看看祥晦如何。"行者道："不消看，只这样不祥也彀了。"菩萨道："我不看你，看唐僧的祥晦。"

　　好菩萨，端坐莲台，运心三界，慧眼遥观，遍周宇宙，霎时间开口道："悟空，你那师父顷刻之际，就有伤身之难，不久便来寻你。你只在此处，待我与唐僧说，教他还同你去取经，了成正果。"孙大圣只得皈依，不敢造次，侍立于宝莲台下不题。

　　如果说观音菩萨真的能未卜先知，为何看不到假孙悟空？为何不直接告诉孙悟空有一个山寨货马上要冒充你坏你名声？

　　按照"厚黑西游记"的说法，此时佛菩萨们正准备搞死真孙悟空，整个假孙悟空顶替。就算这个说法有道理，试问假如你是作者，书写到一大半了，把主角搞死，你忍心吗？别忘了主角光环的存在！

　　其次，"假孙悟空"的出场非常诡异：

　　（唐僧）忽听得一声响亮，唬得长老欠身看处，原来是孙行者跪在路旁，双手捧着一个磁杯道："师父，没有老孙，你连水也不能彀哩。这一杯好凉水，你且吃口水解渴，待我再去化斋。"长老道："我不吃你的水！立地渴死，我当任命！不要你了！你去罢！"行者道："无我你去不得西天也。"三藏道："去得去不得，不干你事！泼猢狲！只管来缠我做甚！"那行者变了脸，发怒生嗔，喝骂长老道："你这个狠心的泼秃，十分贱我！"轮铁棒，丢了磁杯，望长老脊背上砑了一下。那长老昏晕在地，不能言语，被他把两个青毡包袱，提在手中，驾筋斗云，不知去向。

在这里，如果不是标题和后面的情节，你丝毫不会以为这是另一个孙悟空，从语言到脾气，与真孙悟空并无异样，也对应之前那句"这和尚负了我心"。

而且，如果真的是假孙悟空要取代唐僧去西天取经，为何不直接把唐僧打死？而是"砑了一下"。这个砑，就是摩擦的意思，在后面的狮驼岭，孙悟空砑了一个小妖怪，小妖怪的下场却是：

把棍子望小妖头上砑了一砑，可怜，就砑得象一个肉陀！

唐僧没有被砑死，很明显这个"悟空"放水了，为什么呢？

根据后面沙僧两次去花果山（第二次是跟着孙悟空一起去）的情节，我们可以知道：貌似确实有两个孙悟空，而且至少表面上观音菩萨那里的孙悟空是真的。不过，都只是似乎大概差不多，不能肯定，因为作者根本没有明说。

接下来第五十八回的回目《二心搅乱大乾坤，一体难修真寂灭》，更是真孙悟空被如来打死（所谓"真寂灭"），六耳猕猴才是后来的孙悟空这一谬论的主要根据。

这明显站不住脚。大家应该都知道，古典小说的回目都是对仗的，就是一副对子。这个"真寂灭"，对仗前面的"大乾坤"，而寂灭的意思就是涅槃——这可不是死的意思，而是修成正果成佛。所以这个回目译成白话，应该解释为：（孙悟空的）二心搅乱了整个天地，而重归一体（的孙悟空）离修成正果还差点火候。

而在这一回的字里行间，屡次提到一个"二心"。我们可以大胆猜测，这个所谓的"假孙悟空"，实际上就是孙悟空的另一面！换句话说，也就是孙悟空人格异化的一个怪物。

实际上孙悟空的人格异化反映到现实中，这已经不是第一次了。在孙悟空刚从五行山出来的时候，遇到的那六个毛贼其实就是孙悟空六根的反应。杀了这六个毛贼，就喻示着孙悟空已经六根清净了。

在俩孙悟空去西天找佛祖的时候，佛祖正在讲经，经文的内容非常值得玩味：

不有中有，不无中无。不色中色，不空中空。非有为有，非无为无。非色为色，非空为空。空即是空，色即是色。色无定色，色即是空。空无定空，空即是色。知空不空，知色不色。名为照了，始达妙音。

在那个作者写文章不按字数拿稿费的年代，任何一句话都不太可能是废话。这段经文已经非常明确地告诉我们：非空为空。而且如来早就算准俩孙悟空马上要来：

如来降天花普散缤纷，即离宝座，对大众道："汝等俱是一心，且看二心竞斗而来也。"

综合起来，如来的暗示就是两点：假孙悟空实际上也是孙悟空，马上要来的俩猴子其实是一个猴子的两个"心"。

但是在这里我们又不禁要问：孙悟空人格异化，有了"二心"，无性繁殖为两个孙悟空，究竟是他自己主观这样的，还是不知不觉中分裂的？

作者并未直接说，但是按照一些暗示，这事儿应该是他故意为之，而且可能和观音菩萨有关：

大众听他两张口一样声俱说一遍，众亦莫辨；惟如来则通知之。正欲道破，忽见南下彩云之间，来了观音，参拜我佛。

我佛合掌道："观音尊者，你看那两个行者，谁是真假？"菩萨道："前日在弟子荒境，委不能辨。他又至天宫、地府，亦俱难认。特来拜告如来，千万与他辨明辨明。"如来笑道："汝等法力广大，只能普阅周天之事，不能遍识周天之物，亦不能广会周天之种类也。"菩萨又请示周天种类。如来才道："周天之内有五仙：乃天、地、神、人、鬼；有五虫：乃赢、鳞、毛、羽、昆。这厮非天、非地、非神、非人、非鬼；亦非赢、非鳞、非毛、非羽、非昆。又有四猴混世，不入十类之种。"菩萨道："敢问是那四猴？"如来道："第一是……第四是六耳猕猴，善聆音，能察理，知前后，万物皆明。此四猴者，不入十类之种，不达两间之名。我观'假悟空'乃六耳猕猴也。此猴若立一处，能知千里外之事；凡人说话，亦能知之；故此善聆音，能察理，知前后，万物皆明。——与真悟空同象同音者，六耳猕猴也。"

这段描写很微妙，如来正准备说破这件事情，没想到观音菩萨来了，就卖了老大一个关子，然后说这个"假孙悟空"是六耳猕猴。这不仅和他之前的暗示不一样，而且这个所谓的"六耳猕猴"也是在场的人都没听过的新物种。

我们回想观音菩萨当初说的那句话："悟空，你那师父顷刻之际，就有伤身之难，不久便来寻你。你只在此处，待我与唐僧说，教他还同你去取经，了成正果。"

我想大家都知道情况是啥样了：孙悟空在观音菩萨的指使下搞了个分身，这个分身将孙悟空平时压抑在心中的"恶"和"不满"发展到极致，原本只想教训下唐僧，没想到最后事情闹大了，收不住。观音菩萨害怕如来说破，所以特地现身，请求如来给他留点面子。

但是，为什么如来要给孙悟空的分身起"六耳猕猴"这个名字呢？实际上"六耳"这个词，在书中曾经出现过，我在《多么痛的领悟》一章里，也让大家留意过——那就是孙悟空跟菩提祖师打的一个暗语：此间更无六耳人。

本书的《菩提祖师是怎么回事》一章里我已经跟大家说过，菩提祖师事件实际上就是一个幻象，问题就在于安排这个幻象的是谁。之后书中多次暗示，到如今，我想不仅诸位读者心里有数，孙悟空也心里有数了。

（如来让孙悟空回去保护唐僧）大圣叩头谢道："上告如来得知。那师父定是不要我；我此去，若不收留，却不又劳一番神思！望如来方便，把《松箍儿咒》念一念，褪下这个金箍，交还如来，放我还俗去罢。"如来道："你休乱想，切莫放刁。我教观音送你去，不怕他不收。好生保护他去，那时功成归极乐，汝亦坐莲台。"

这个时候，孙悟空在佛派的地位已经非同小可了。在他和唐僧的矛盾中，观音菩萨站在了他这边，而如来更是跟他点破身世之谜，明确告诉他：只要好好干，你也能成佛坐莲台。

悟空终于长大了（下）

　　刘德华的歌曲《今天》我很喜欢，有一句歌词特好：如果要飞得高，就该把地平线忘掉。在火焰山与铁扇公主、牛魔王的斗争，孙悟空用实际行动诠释了这句歌词。

　　经历了真假孙悟空的闹剧之后，孙悟空已经上道了。不仅再一次成为取经团队的核心，而且为人处世成熟了许多。在以往，孙悟空面对不明真相的围观群众都是一肚子火，而这次，孙悟空则跟以前的唐僧一样彬彬有礼：

　　那老者猛抬头，看见行者，吃了一惊，拄着竹杖，喝道："你是那里来的怪人？在我这门首何干？"行者答礼道："老施主，休怕我。我不是甚么怪人。贫僧是东土大唐钦差上西方求经者。师徒四人，适至宝方，见天气蒸热，一则不解其故，二来不知地名，特拜问指教一二。"那老者却才放心，笑云："长老勿罪。我老汉一时眼花，不识尊颜。"行者道："不敢。"老者又问："令师在那条路上？"行者道："那南首大路上立的不是！"老者教："请来，请来。"行者欢喜，把手一招，三藏即同八戒、沙僧、牵白马、挑行李近前，都对老者作礼。

　　大家可以明显看出这时候的孙悟空越来越像"师父"，这种露脸的事儿做起来一点儿也不含糊，有礼有节。

废话不多说，我们把注意力转移到牛魔王夫妇上来。在这一次，孙悟空的很多行为让人觉得不仗义。为了芭蕉扇，跑到铁扇公主肚子里闹腾；欺负铁扇公主和玉面狐狸，跟以前的结拜兄弟闹僵了关系；还变作牛魔王的样子去骗铁扇公主。最关键的是，还和牛魔王大打出手，连一些天兵天将都来了。

其实，这就是孙悟空下决心好好干的一个表现。毕竟现在已经铁了心跟佛派混，以前在江湖上一起混黑社会的妖怪朋友，要么一起改邪归正，要么断绝关系不来往，这很正常。

而且，这对夫妻对改邪归正进编制谋个岗位一点儿兴趣都没有。自己儿子被孙悟空介绍到观音菩萨那里当了会计——这就好比你儿子要杀自己干叔叔的师父，最后人家救出师父还不计前嫌，介绍他进了国企当员工。按理说这应该感谢啊，但是他俩都耿耿于怀：

铁扇公主：罗刹道："你这泼猴！既有兄弟之亲，如何坑陷我子？"行者佯问道："令郎是谁？"罗刹道："我儿是号山枯松涧火云洞圣婴大王红孩儿，被你倾了。我们正没处寻你报仇，你今上门纳命，我肯饶你！"行者满脸陪笑道："嫂嫂原来不察理，错怪了老孙。你令郎因是捉了师父，要蒸要煮，幸亏了观音菩萨收他去，救出我师。他如今现在菩萨处做善财童子……你倒不谢老孙保命之恩，返怪老孙，是何道理！"罗刹道："你这个巧嘴的泼猴！我那儿虽不伤命，再怎生得到我的跟前，几时能见一面？"行者笑道："嫂嫂要见令郎，有何难处？你且把扇子借我，扇息了火，送我师父过去，我就到南海菩萨处请他来见你，就送扇子还你，有何不可！那时节，你看他可曾损伤一毫。如有些须之伤，你也怪得有理；如比旧时标致，还当谢我。"罗刹道："泼猴，少要饶舌！伸过头来，等我砍上几剑！若受得疼痛，就借扇子与你；若忍耐不得，教你早见阎君！"

不仅不感谢，反而觉得孙悟空把自己儿子介绍进体制内，让自己见不到儿子，要杀了孙悟空解气。

牛魔王：牛王喝道："且休巧舌！我闻你闹了天宫，被佛祖降压在五行山下，近解脱天灾，保护唐僧西天见佛求经，怎么在号山枯松涧火云洞把我小儿牛圣婴害了？正在这里恼你，你却怎么又来寻我？"大圣作礼道："长兄勿得误怪小弟。当时令郎捉住吾师，要食其肉，小弟近他不得，幸观音菩萨欲救我师，劝他归正。现今做了善财童子，比兄长还高，享极乐之门堂，受逍遥之永寿，有何不可，返怪我耶？"牛王骂道："这个乖嘴的猢狲！害子之情，被你说过；你才欺我爱妾，打上我门何也？"

牛魔王虽对红孩儿的事情不太上心，但毕竟是父亲嘛，还是希望自己的孩子能够有出息的。所以在听孙悟空说"现今做了善财童子，比兄长还高，享极乐之门堂，受逍遥之永寿"这几句奉承话之后，就没追究这件事。

但是，牛魔王对儿子的事情不追究，还有一个原因，那就是对儿子的不关心。要知道，这个时候牛魔王和铁扇公主已经没了感情。牛魔王做了玉面狐狸家的上门女婿。而且，玉面狐狸也不是一般的小三，至少不是苦情剧里那种白莲花，她对铁扇公主很是介意，所以牛魔王的这番表现，也不能说就是把进神仙体制混个编制看得重要。

但是孙悟空则是铁了心要跟牛魔王决裂，所谓割袍断义嘛。这倒不能说是孙悟空不讲义气。古人把"贫贱之交不可忘，糟糠之妻不下堂"放一起说是对的，既然牛魔王对"糟糠之妻尚如此"，那么"贫贱之交可知矣"。无论公德、私德，孙悟空都不算太过分。

恰巧这个牛魔王估计平时结交朋友太多，因而被各方势力视为威胁。所以在孙悟空与牛魔王大战的时候，佛派和官僚派都派出了兵马助阵。因为按照常理，孙悟空摆得平的妖怪（没法宝基本上都能摆得平）不需要请外援，而且外援很少主动来，这种声势浩大的外援就更少见了。

当然，最后的结局是非常圆满的。牛魔王的小三被猪八戒杀了，而且牛魔王也知道了原配才是真心对他好：

老牛叫道："夫人，将扇子出来，救我性命！"罗刹听叫，急卸了钗环，脱了色服，挽青丝如道姑，穿缟素似比丘，双手捧那柄丈二长短的芭蕉扇子，走出门；又见有金刚众圣与天王父子，慌忙跪在地下，磕头礼拜道："望菩萨饶我夫妻之命，愿将此扇奉承孙叔叔成功去也！"

孙悟空也做了好事，拿扇子彻底熄灭了火焰山的火，算是造福一方百姓，并且把扇子还给了铁扇公主。之后牛魔王夫妇也成了先进分子，修成了正果（混进了体制有了神仙编制）。

经历了真假孙悟空和火焰山事件的磨炼，孙悟空已经变得成熟，没了以前的鲁莽和暴躁，为人处世更讲原则，同时与人交流也彬彬有礼。正如我起的本章节名字，悟空终于长大了。

"悟空"的悟空

　　在火焰山这个情节中，虽然孙悟空已经变得成熟，但是依然有一些争强好胜，比如一定要和牛魔王比个高低不可。另外，也没有体现出孙悟空对信仰的尊重。接下来在祭赛国发生的故事，则是对孙悟空当前形象的一次补充。

　　首先是孙悟空对于信仰的尊重。在祭赛国，护国金光寺的宝塔没人清扫，于是唐僧和孙悟空去扫塔。而扫塔过程中，孙悟空和唐僧谁的信仰更虔诚一目了然：

　　唐僧用帚子扫了一层，又上一层。如此扫至第七层上，却早二更时分。那长老渐觉困倦，行者道："困了，你且坐下，等老孙替你扫罢。"三藏道："这塔是多少层数？"行者道："怕不有十三层哩。"长老耽着劳倦道："是必扫了，方趁本愿。"又扫了三层，腰酸腿痛，就于十层上坐倒道："悟空，你替我把那三层扫净下来罢。"行者抖擞精神，登上第十一层，霎时又上到第十二层。

　　唐僧说得好听："在法门寺里立愿：上西方逢庙烧香，遇寺拜佛，见塔扫塔。"但是最终坚持下来的还是孙悟空，唐僧在第十层就坐倒不扫了。

这次孙悟空帮助僧人找回佛宝，解除僧人冤屈的动机，很大程度上也是因为这些和尚和孙悟空是同门：

那驸马闻言，微微冷笑道："你原来是取经的和尚，没要紧罗织管事！我偷他的宝贝，你取佛的经文，与你何干，却来厮斗！"行者道："这贼怪甚不达理！我虽不受国王的恩惠，不食他的水米，不该与他出力；但是你偷他的宝贝，污他的宝塔，屡年屈苦金光寺僧人，他是我一门同气，我怎么不与他出力，辨明冤枉？"

值得一提的是，这次遇到的妖怪九头虫是孙悟空最怕的类型——多向攻击类。因为孙悟空的优势就是打不死、打不累，靠着铜头铁臂跟敌人打消耗战。但是，多向攻击类的妖怪则不会跟孙悟空打消耗战，因为他们有很多头，在反应速度等方面有优势，可以将孙悟空擒获。而且孙悟空和猪八戒或许有密集恐惧症，看到妖怪的原形有很多头，都被吓了一跳。

在与九头虫的第一次交锋中，孙悟空虽然没有吃亏，但是猪八戒被抓走了。

第二次交锋，孙悟空打死龙王后，恰巧二郎神来了。这一次，孙悟空见了二郎神反而不好意思，因为他曾经是二郎神的手下败将：

行者仔细观看，乃二郎显圣，领梅山六兄弟，架着鹰犬，挑着狐兔，抬着獐鹿，一个个腰挎弯弓，手持利刃，纵风雾踊跃而来。行者道："八戒，那是我七圣兄弟，倒好留请他们，与我助战。若得成功，倒是一场大机会也。"八戒道："既是兄弟，极该留请。"行者道："但内有显圣大哥，我曾受他降伏，不好见他。

你去拦住云头，叫道：'真君，且略住住。齐天大圣在此进拜。'他若听见是我，断然住了。待他安下，我却好见。"那呆子急纵云头，上山拦住，厉声高叫道："真君，且慢车驾，有齐天大圣请见哩。"

很多人看这段的时候都没在意，我觉得这段很有意思。首先，孙悟空称呼二郎神等人为"我七圣兄弟"，这里就有问题，要知道当初第二次花果山反围剿战役失败后，花果山的衰败就是因为"七圣兄弟"的焚山等暴行；其次，孙悟空说自己"曾受他（二郎神）降伏，不好见他"，然而我们都知道孙悟空败给二郎神是因为太上老君的镯子。

这段描写其实也在暗示我们孙悟空成熟后的一个变化——不再像以前那样争强好胜了。当然，二郎神的形象也很正面，作为官僚派中唯一拿得出手的将领和神仙，他所体现出来的风度和那种英雄相惜的气度，跟那些普通官僚截然不同：

那爷爷（指二郎神）见说，即传令，就停住六兄弟，与八戒相见毕，问："齐天大圣何在？"八戒道："现在山下听呼唤。"二郎道："兄弟们，快去请来。"六兄弟乃是康、张、姚、李、郭、直，各各出营叫道："孙悟空哥哥，大哥有请。"行者上前，对众作礼，遂同上山。二郎爷爷迎见，携手相搀，一同相见道："大圣，你去脱大难，受戒沙门，刻日功完，高登莲座，可贺！可贺！"

在找回国宝之后，二郎神并未邀功，而是夸赞孙悟空的本事：

行者随后捧着两个匣子上岸，对二郎道："感兄长威力，得了宝贝，扫净妖贼也。"二郎道："一则是那国王洪福齐天，二则是贤昆玉神通无量，我何功之有！"兄弟们俱道："孙二哥既已功成，我们就此告别。"行者感谢不尽，欲留同见国王。诸公不肯，遂帅众回灌口去讫。

这一次孙悟空和二郎神两个绝世英雄戮力同心看起来是非常过瘾的，两人那种不计前嫌，纯粹英雄相惜的友情也让人十分向往。总之，这一段看起来很爽。

凑巧的是，二郎神专克九头虫这样的妖怪，因为二郎神有金弓银弹，擅长远程攻击。这种攻击对铜头铁臂的孙悟空没有用，但是打这种多向攻击的妖怪则是一流，而且手下的细犬（哮天犬）也非常擅长扯这类妖怪的头颅。《西游记》里的神仙妖怪之间像这种生生相克并不少见。

二郎即取金弓，安上银弹，扯满弓，往上就打。那怪急铩翅，掠到边前，要咬二郎；半腰里才伸出一个头来，被那头细犬，撺上去，汪的一口，把头血淋淋的咬将下来。那怪物负痛逃生，径投北海而去。

然而孙悟空出乎意料地放了这个妖怪一马，任由他跑了。所以九头虫也是书中唯一一个下落不明的妖怪。孙悟空不仅放了九头虫，连龙婆的性命都饶了，只是穿琵琶骨封印了她的法术，让她给金光寺守塔。孙悟空甚至还安排了土地，按时给龙婆送饭。

而且这一次末了，孙悟空的境界突然提升了许多，跟国王讲了一大堆道理：

行者却将芝草把十三层塔层层扫过，安在瓶内，温养舍利子。这才是整旧如新，霞光万道，瑞气千条，依然八方共睹，四国同瞻。下了塔门，国王就谢道："不是老佛与三位菩萨到此，怎生得明此事也！"行者道："陛下，'金光'二字不好，不是久住之物：金乃流动之物，光乃焗灼之气。贫僧为你劳碌这场，将此寺改作伏龙寺，教你永远常存。"那国王即命换了字号，悬上新匾，乃是"敕建护国伏龙寺"。

事到如此，孙悟空俨然已经是一个高僧了，颇有武僧行者的风范。而唐僧的形象在对比之下显得更加渺小。虽然在接下来的第六十四回《荆棘岭悟能努力，木仙庵三藏谈诗》中唐僧大秀诗歌，似乎挽回了形象。但是，很多证据显示这一回是后人加的，并非作者所为。所以接下来我们跳过这个情节，直接看假雷音寺的故事。

佛派二号人物的下马威

一个人成熟了，走上社会后最需要防范的就是笑里藏刀的笑面虎。而孙悟空在经历一系列变化之后，也迎来了一个笑面虎对他的考验，这个人就是弥勒。

在之前，如来和观音菩萨等人对孙悟空的器重一目了然，而且孙悟空也不负众望，在祭赛国赚了不少粉丝。而弥勒是未来佛，孙悟空或者说取经团队对他的地位有了一定的威胁。所以，才有了假雷音寺的故事。

大家想一下，如果这个黄眉怪真的就是个普通的妖怪，为何既不吃唐僧肉，也不要他们的宝贝，只要跟孙悟空斗一斗功夫，打个赌？

那妖王道："……一向久知你往西去，有些手段，故此设像显能，诱你师父进来，要和你打个赌赛。如若斗得过我，饶你师徒，让汝等成个正果；如若不能，将汝等打死（实际上并没有把唐僧等人怎么样，只是一直关押），等我去见如来取经，果正中华也。"

其实给他们下马威的方式有很多种，比如说弥勒亲自现身闹点不愉快，然后看着孙悟空看自己不爽又拿自己没办法的样子。为何一定要让自己的弟子假扮如来，冒着被如来怪罪的危险呢？

其实，弥勒的算盘打得非常精明：

首先，假雷音寺骗得了唐僧和猪八戒、沙僧，但是骗不了孙悟空（孙悟空去过灵山）。所以导致师徒间再一次出现分歧，让孙悟空的领导地位受到了其他人质疑：

行者看罢回复道："师父，那去处是便是座寺院，却不知禅光瑞霭之中，又有些凶气何也。观此景象，也似雷音，却又路道差池。我们到那厢，决不可擅入，恐遭毒手。"唐僧道："既有雷音之景，莫不就是灵山？你休误了我诚心，担搁了我来意。"行者道："不是，不是！灵山之路我也走过几遍，那是这路途！"八戒道："纵然不是，也必有个好人居住。"沙僧道："不必多疑，此条路未免从那门首过，是不是一见可知也。"行者道："悟净说得有理。"

那长老策马加鞭，至山门前，见"雷音寺"三个大字，慌得滚下马来，倒在地下。口里骂道："泼猢狲！（唐僧骂孙悟空了）害杀我也！现是雷音寺，还哄我哩！"……即命八戒取袈裟，换僧帽，结束了衣冠，举步前进。

而孙悟空在被黄眉怪的金铙困住，叫五方揭谛等酱油党出现的时候，也表达了对唐僧的不满：

行者急了，却捻个诀，念一声"唵嘛静法界，乾元亨利贞"的咒语，拘得那五方揭谛，六丁六甲、一十八位护教伽蓝，都在金铙之外道："大圣，我等俱保护着师父，不教妖魔伤害，你又拘唤我等做甚？"行者道："我那师父，不听我劝解，就弄死他也不亏！——但只你等怎么快作法将这铙钹掀开，放我出来，再作处治。这里面不通光亮，满身暴燥，却不闷杀我也？"

其次，这个黄眉怪是真的佛，至少是个修成正果（有编制）

的神仙，跟一般的妖怪区别很大。而且这个地方，也真的就叫作小西天，这亭台楼阁也是上天赐予的。所以，就算事后如来等人对弥勒有不满，也不好说什么：

行者挺着铁棒喝道："你是个甚么怪物，擅敢假装佛祖，侵占山头，虚设小雷音寺！"那妖王道："这猴儿是也不知我的姓名，故来冒犯仙山。此处唤做小西天。因我修行，得了正果，天赐与我的宝阁珍楼。我名乃是黄眉老佛，这里人不知，但称我为黄眉大王、黄眉爷爷……"

这次降伏妖怪的过程非常曲折，孙悟空先后找来了二十八星宿、真武大帝手下龟蛇二神、大圣国师王菩萨弟子小张太子等人，但都被妖怪的法宝白布褡包收服。

找二十八星宿，是五方揭谛等人的主意（官僚派也就这些人拿得出手了）；孙悟空也聪明，自知这个妖怪在佛派有背景，找了真人派的真武大帝，但是真武大帝不愿意亲自上；日值功曹推荐了大圣国师王菩萨，但是菩萨刚刚抓住了一个水怪，没工夫管这事。

就在孙悟空万般无奈之际（咱猴哥都哭了），弥勒感觉自己的目的已经达到，突然出现了，并且在孙悟空面前铆足了劲充老大，提醒孙悟空——跟我斗，你还是嫩：

大圣正当凄惨之时，忽见那西南上一朵彩云坠地，满山头大雨缤纷，有人叫道："悟空，认得我么？"（这句话意味深长，认得，有认识的意思，也有承认地位的意思。）

行者急走前看处，那个人：大耳横颐方面相，肩查腹满身躯胖。一腔春意喜盈盈，两眼秋波光荡荡。敞袖飘然福气多，芒鞋洒落精神壮。极乐场中第一尊，南无弥勒笑和尚。行者见了，连忙下拜道："东来佛祖，那里去？弟子失回避了，万罪！万罪！"（猴哥已经不是当年的愣头青，对这样的人，心里有些防范，所以毕恭毕敬）佛祖道："我此来，专为这小雷音妖怪也。"

……行者道："此计虽妙，你却怎么认得变的熟瓜？他怎么就肯跟我来此？"弥勒笑道："我为治世之尊，慧眼高明，岂不认得你！凭你变作甚物，我皆知之，但恐那怪不肯跟来耳。我却教你一个法术。"

弥勒最妙的地方就在于，他的演技极其高超，而且巧舌如簧。这件事情，就算没有他的指使，他也有个走失人口的罪名。但是当孙悟空在黄眉怪肚子里闹腾，黄眉怪失去抵抗能力的时候，他的一句话，就把责任推得干干净净：

弥勒却现了本象，嘻嘻笑叫道："孽畜！认得我么？"

这一笑，比严肃的凶脸还可怕！又是这句"认得我么"，在旁人看来，仿佛是弥勒在用春风般的温暖斥责自己的顽徒。而在黄眉怪看来，这无异于一种赤裸裸的威胁（你敢说出实情试试看）！

临了得知孙悟空打碎了金铙，弥勒想让孙悟空带着他去找金铙的碎片，依旧笑嘻嘻地跟孙悟空说话：

那佛祖提着袋子，执着磬槌，嘻嘻笑叫道："悟空，我和你去寻金还我。"

弄得孙悟空毕恭毕敬，不敢有丝毫怠慢。当然，弥勒也付出了代价，那就是自己徒弟没有了庙宇和部下。但是，这又是一笔如意算盘——自己的徒弟没了后路，以后不就更加忠心耿耿了吗？

"悟能"的悟能

　　鉴于《西游记》中稀柿衕这段故事影视剧表现得非常少，所以我单独说一说。同时借此机会说一说猪八戒，他作为书中的二号人物，其形象被严重的脸谱化。加上影视剧的渲染，猪八戒好吃懒做的形象深入人心。实际上，猪八戒好吃是真的，但是要说他懒，可就不客观了。

　　其实央视版电视剧《西游记》拍得不全，我不怪，毕竟那个年代拍出这样的作品已经非常不容易了。但是，作为补充的《西游记》续集，对原著胡编乱造，我真的不能接受。且不说稀柿衕这段故事就被忽视，在稀柿衕出现的蟒蛇精，那形象也让人无语（竟然是个萌妹子！）。因为原著中，这个蟒蛇精就是个能使用两把"软柄枪"的大蟒蛇而已：

　　那怪见了，挺住身躯，将一根长枪乱舞。行者执了棍势，问道："你是那方妖怪？何处精灵？"那怪更不答应，只是舞枪。行者又问，又不答，只是舞枪……

　　……好呆子，就跳起云头，赶上就筑，那怪物又使一条枪抵住。两条枪，就如飞蛇掣电。八戒夸奖道："这妖精好枪法！不是'山后枪'，乃是'缠丝枪'，也不是'马家枪'，却叫做个'软柄枪'！"行者道："呆子莫胡谈！那里有个甚么'软柄枪'！"八戒道："你看他使出枪尖来架住我们，不见枪柄，不知收在何处。"行者道："或者是个'软柄枪'；但这怪物还不会说话，想是还未归人道……"

实际上这个所谓的软柄枪，就是妖怪的舌头而已（那软柄枪乃是蛇信）。也就是说，这个妖怪就是一条会飞的大蛇，而且连说话都不会，只不过非常大。大家想象一下，舌头两个分叉，就像枪一样了……

《西游记》续集中把蛇精弄成一个萌妹子，还有一个硬伤，那就是蛇精居住的地方稀柿衕别说萌妹子了，就是女汉子也受不了。

作者首先借驼罗庄老者之口介绍了这个鬼地方：

我这敝处地阔人稀，那深山亘古无人走到。每年家熟烂柿子落在路上，将一条夹石衕，尽皆填满；又被雨露雪霜，经霉过夏，作成一路污秽。……但刮西风，有一股秽气，就是淘东圊也不似这般恶臭。

东圊，就是厕所，因为古代厕所多在院子东边，所以得名。直到现在，俺老家管厕所还叫东缸。孙悟空和猪八戒追赶妖怪，来到了稀柿衕：

又斗多时，不觉东方发白，那怪不敢恋战，回头就走。行者与八戒，一齐赶来，忽闻得污秽之气旭人，乃是七绝山稀柿衕也。八戒道："是那家淘毛厕哩！哏！臭气难闻！"行者侮着鼻子，只叫："快快赶妖精！快快赶妖精！"

同志们，一个在比厕所还臭的地方住的妖怪，我想无论如何是萌不起来的。臭得猪八戒抱怨，孙悟空捂着鼻子，大家可以想象了。这也不难理解为何后来孙悟空非得往蛇肚子里钻，我估计啊，蛇肚子里气味都比稀柿衕气味好闻。

说完这个妖怪，我来给猪八戒说句公道话。其实原著里猪八戒是个非常勤恳的形象，他有他的缺点，比如贪吃好色，但是绝对不懒。

我们看看仨徒弟的法号：悟空，空可以引申为法，孙悟空的法力是取经团队中最高的；悟净，沙僧这人找不到啥缺点，但是也没有啥优点；悟能，很显然，猪八戒是很能干活的。

猪八戒在高老庄做女婿时，干农活就是一把好手。高太公家致富路上，也有猪八戒的功劳。而取经路上，猪八戒一直挑着担子（注意，挑担子的是猪八戒！），化斋之类的事情也经常干。在稀柿衕，没有猪八戒的辛勤劳动，师徒们估计只能绕道了。

八戒满心欢喜，脱了皂直裰，丢了九齿钯，对众道："休笑话，看老猪干这场臭功。"好呆子，捻着诀，摇身一变，果然变做一个大猪……

孙行者见八戒变得如此，即命那些相送人等，快将干粮等物推攒一处，叫八戒受用。那呆子不分生熟，一涝食之，却上前拱路。行者叫沙僧脱了脚，好生挑担，请师父稳坐雕鞍，他也脱了鞴鞋，吩咐众人回去："若有情，快早送些饭来与我师弟接力。"那些人有七八百相送随行……

众人不舍，催趱骡马，进衕衕，连夜赶至，次日方才赶上，叫道："取经的老爷，慢行！慢行！我等送饭来也！"长老闻言，谢之不尽，道："真是善信之人！"叫八戒住了，再吃些饭食壮神。那呆子拱了两日，正在饥饿之际，那许多人何止有七八石饭食，他也不论米饭、面饭，收积来一涝用之，饱餐一顿，却又上前拱路。

　　猪八戒为了拱开稀柿衕的道路，接连工作两天。而且，猪八戒接这活时，也并未表现出不满。不仅笑着说自己变个大猪干这活很擅长，并且干活之前也是"满心欢喜"，干活过程中丝毫不偷懒，吃完饭立马拱路，都不休息。虽然他以此为借口提高了伙食的量，吃了很多东西，但是你能说猪八戒不勤劳吗？

中药和毒药，PM 和虫害

　　六十八回到七十三回，取经队伍路过了朱紫国、盘丝洞、黄花观。这三个情节，朱紫国情节颇为轻松，一点也不慌张；盘丝洞的妖精也是一群"战五渣"；而黄花观则是险象环生，让人捏了一把汗。

　　《西游记》里很多相连的故事是可以对照的，比如之前我们就分析过红孩儿和小鼍龙这一火一水。朱紫国和盘丝洞、黄花观也对应得上：

　　孙悟空在朱紫国用药治好了国王的病；盘丝洞的"斋饭"差点让唐僧破了戒；多目怪在黄花观差点把唐僧他们毒死。都跟吃有关。

　　抓了朱紫国金圣宫娘娘的赛太岁的法宝金铃释放的是烟、火光、沙，俗称光污染和 PM2.5；盘丝洞的妖怪最擅长使用蜘蛛丝，手下一群害虫，可谓是一场虫害；多目怪最厉害的技能是放光，也是光污染。都跟灾害有关。

　　在朱紫国，最有意思的莫过于唐僧去国王那办理签证，孙悟空和猪八戒兄弟俩去买调味品，整个一古代版《神仙去哪儿了》。两个神仙在人世间买东西，而且孙悟空还骗猪八戒说买烧饼送给他吃，时不时地戳中我的萌点。

　　而给国王治病的那一段，作者算是小秀了一把自己的中医知识：

　　……陛下左手寸脉强而紧，关脉涩而缓，尺脉芤且沉；右手
寸脉浮而滑，关脉迟而结，尺脉数而牢。夫左寸强而紧者，中虚
心痛也；关涩而缓者，汗出肌麻也；尺芤而沉者，小便赤而大便
带血也。右手寸脉浮而滑者，内结经闭也；关迟而结者，宿食留
饮也；尺数而牢者，烦满虚寒相持也。——诊此贵恙：是一个惊
恐忧思，号为'双鸟失群'之证……

　　这一段的描写是如此之精深，以至于我压根不知道孙悟空这
段话在说什么。当然，联系后文，这段翻译成人话就是：我估计
陛下你因为惊吓和相思病得了消化不良……

　　沙僧乃道："大黄味苦，性寒，无毒；其性沉而不浮，其用
走而不守；夺诸郁而无壅滞，定祸乱而致太平；名之曰将军。此
行药耳，但恐久病虚弱，不可用此。"

　　行者笑道："贤弟不知，此药利痰顺气，荡肚中凝滞之寒热。
你莫管我。——你去取一两巴豆，去壳去膜，捶去油毒，碾为细
末来。"

　　八戒道："巴豆味辛，性热，有毒；削坚积，荡肺腑之沉寒；
通闭塞，利水谷之道路；乃斩关夺门之将，不可轻用。"

　　行者道："贤弟，你也不知，此药破结宣肠，能理心膨水胀。
快制来，我还有佐使之味辅之也。"

　　你看，作者在这里使劲显摆自己的中药知识。虽然咱们看不
懂，但是总觉得很厉害的样子。不过作者也留了一手，万一读者
们有谁按照这段描写给自己治病怎么办？万一不管用呢？所以作
者也给了自己台阶下。估计大家都晓得，这服药里加了"马尿"，

但是大家要注意，这马尿，实际上是龙尿：

那马跳将起来，口吐人言，厉声高叫道："师兄，你岂不知？我本是西海飞龙，因为犯了天条，观音菩萨救了我，将我锯了角，退了鳞，变作马，驮师父往西天取经，将功折罪。我若过水撒尿，水中游鱼，食了成龙；过山撒尿，山中草头得味，变作灵芝，仙僮采去长寿……"

再加上之后用龙王的鼻涕口水做药引子，就算孙悟空用的药方没用，估计都包治百病了。

但是作者在秀自己的中医知识的时候，也暴露出他的历史硬伤，就是在唐太宗时期的西域，出现了很多明朝才有的东西，比如又是司礼监又是锦衣卫，连明朝的侦察兵夜不收都出现了。当然类似的硬伤书中太多了，咱们也别见怪了。

赛太岁这个角色的出现在很大程度上和当初乌鸡国的狮猁怪有些重合。他俩出现的意义都是一样的，作为神仙（菩萨）的棋子，惩罚人间的君主，然后等着取经团队擦屁股。狮猁怪因为是阉割的狮子，所以没有"秽乱后宫"；这个赛太岁因为金圣宫娘娘有紫阳真人送的棕衣，所以赛太岁近身不得。

在朱紫国，孙悟空医治好了国王，救回了国王的亲爱的，可谓赚足了面子。唐僧也开始服孙悟空了，这才有"盘丝洞"唐僧主动要求自己去帮徒弟们化缘。当然了，也是唐僧知道前面是村庄，而且对自己的长相、谈吐颇有信心，所以放松了警惕落入虎口……不对，应该是落入蜘蛛网。

有一点因为影视剧的影响容易被大家忽略，蜘蛛精在孙悟空和多目怪打斗之前、唐僧等人中毒之后，就被孙悟空的分身秒杀了。最后被收去给毗蓝婆菩萨当保安的是多目怪。好理解嘛，收七个美女去看门，是保安呢，还是迎宾呢？

而蜘蛛精们的师兄多目怪，又是一个多向攻击的妖怪，两边胁下有一千多只眼睛，同时放出光芒，让孙悟空苦不堪言：

这道士剥了衣裳，把手一齐抬起，只见那两胁下有一千只眼，眼中迸放金光……行者慌了手脚，只在那金光影里乱转，向前不能举步，退后不能动脚，却便似在个桶里转的一般。无奈又爆燥不过，他急了，往上着实一跳，却撞破金光，扑的跌了一个倒栽葱；觉道撞的头疼，急伸头摸摸，把顶梁皮都撞软了……一会家爆燥难禁，却又自家计较道："前去不得，后退不得，左行不得，右行不得，往上又撞不得，却怎么好？——往下走他娘罢！"好大圣，念个咒语，摇身一变，变做个穿山甲，又名鲮鲤鳞。……你看他硬着头，往地下一钻，就钻了有二十余里，方才出头。原来那金光只罩得十余里。

最后孙悟空逃脱了，也是"力软筋麻，浑身疼痛"。这个多目怪，多向攻击加光线攻击加围困技能，让孙悟空苦不堪言。但是孙悟空的逃脱技能还是很厉害的，所以一对一的话，多目怪依然占不到孙悟空的便宜。

当然了，孙悟空没时间跟他慢慢耗。这要是以往，孙悟空大不了跟他耗个一两天，最后找个机会变个啥玩意把他整死。但是这时候唐僧他们仨都食物中毒，在那儿朝不保夕。所以才在黎山老母的建议下请了毗蓝婆菩萨来帮忙。

总体上来看，这几段故事还是比较轻松的。也正因为这几段故事比较轻松，愈发凸显出后面情节的恐怖和紧张。

悟空之终极一战（上）

　　在《西游记》里，取经团队对付一般的妖精，作者会用两到三回的篇幅去描写，战五渣的妖精通常只有一回，稀柿衕的蛇精只有半回。而用四回的篇幅去描写的，只有两段，一段是金角银角（三十二回到三十五回），一段就是我们这两章要介绍的狮驼岭和狮驼国仨兄弟（七十四回到七十七回）。

　　这一段是西游记中最为精彩、最为恐怖的故事，这里的妖精也非同小可。然而可惜的是，很多版本的影视剧都没有把这一段高潮拍好。当然，也许是因为过于血腥恐怖，按照原著拍会对小孩子造成心理阴影。

　　首先，这次妖精是上面特地提醒他们留意的。按照常理，上面提醒并不是让他们绕道，而是告诉他们这个任务关卡是必过的，不能跳过。这次下达任务的是太白金星：

　　行不数里，见一老者……远远的立在那山坡上高呼："西进的长老，且暂住骅骝，紧兜玉勒。这山上有一伙妖魔，吃尽了阎浮世上人，不可前进！"……

　　后文可知，这个老者是太白金星变的。

　　公公道："那妖精一封书到灵山，五百阿罗都来迎接；一纸简上天宫，十一大曜个个相钦。四海龙曾与他为友，八洞仙常与他作会，十地阎君以兄弟相称，社令城隍以宾朋相爱。"……

这就对了，为何一定要消灭他们呢？参考孙悟空当年做齐天大圣时候为何被官僚派猜忌，参考牛魔王被各路天兵天将讨伐。这种四处交友，人脉广、本事大的妖精，是任何一个派别都非常忌惮的。

那老者笑道："这和尚不知深浅！那三个魔头，神通广大得紧哩！他手下小妖，南岭上有五千，北岭上有五千，东路口有一万，西路口有一万；巡哨的有四五千，把门的也有一万；烧火的无数，打柴的也无数：共计算有四万七八千。这都是有名字带牌儿的，专在此吃人。"……

人脉广，本事大，势力还大，要消灭他们自然是情理之中的。就连官僚派都对打倒这伙妖精充满了兴趣：

行者谢道："感激！感激！果然此处难行，望老星上界与玉帝说声，借些天兵帮助老孙帮助。"金星道："有！有！有！你只口信带去，就是十万天兵，也是有的。"

既然是必过关卡，孙悟空也不含糊，师父师弟在那候着，他自己独自去探妖怪的洞府。不过要注意的是，这一段央视版电视剧特别不符合原著，在狮驼岭，唐僧一直没有被抓，也没有孔雀公主这个角色。猪八戒被抓然后被孙悟空坑私房钱，是在与二魔王打斗的时候单独被抓，此时唐僧还好好的呢。总之，大家不要受电视剧影响搞混了就行。

其次，孙悟空的英雄气质在这里得到了非常大的体现，比如机智地变成总钻风套取情报；再变成小钻风吓唬八千多小妖成了逃兵。最后在洞府里的所见，估计换作八戒已经“唬出屎来了”，换作唐僧已经就地晕厥。但是孙悟空至少表面上能够淡定：

骷髅若岭，骸骨如林。人头发躧成毡片，人皮肉烂作泥尘。人筋缠在树上，干焦晃亮如银。真个是尸山血海，果然腥臭难闻。东边小妖，将活人拿了剐肉；西下泼魔，把人肉鲜煮鲜烹。若非美猴王如此英雄胆，第二个凡夫也进不得他门。不多时，行入二层门里看时，呀！这里却比外面不同：清奇幽雅，秀丽宽平；左右有瑶草仙花，前后有乔松翠竹。又行七八里远近，才到三层门。

这前后一对比，恐怖气氛跃然纸上，俺大晚上的写这段的时候都觉得后脊梁骨飕飕的。

而且，这仨妖怪的确是非常的不一般，且不说他们仨感情深得连孙悟空都羡慕，他们仨配合起来，武力效果绝对大于三个人之和：

众头目即取绳索。三怪把行者扳翻倒，四马攒蹄捆住，揭起衣裳看时，足足是个弼马温。

三个人携手能够给孙悟空来个擒拿，这是绝无仅有的。但是这三个妖精其实单独看，武力、法力啥的并无出彩之处。我们分析下悟空之前在巡山小妖那获取的情报：

大妖精也就是青狮怪，号称曾经一口吞下十万天兵，实际上就是一张口吓得十万天兵不敢出南天门。对于十万天兵这样的腐败军队，这样的事情一点都不奇怪，这样的战绩也不算啥。再说了，一张口十万天兵害怕，鬼知道是因为吓人还是口臭。所以孙悟空不以为然——行者闻言暗笑道：“若是讲手头之话，老孙也曾干过。"

二妖精则连个吹牛的资本都没有，就是个鼻子灵活些，毕竟是大象精，鼻子卷人啥的那还是本行。所以孙悟空也不以为然。

但是这个三妖精就非常有意思了，一来，有个阴阳二气瓶，是个法宝，孙悟空最需要留意（猴哥的短板就是没个拿得出手的法宝）；二来，这个妖精很有头脑，自知可能干不过孙悟空，特地到狮驼岭加入阵营，凑足三人对付孙悟空。

所以，三人联手能够撂倒孙悟空放进阴阳二气瓶也不奇怪，因为干掉孙悟空是他们三个合伙的目的，估计事先都演练过一万次了。孙悟空这回，还是有些轻敌了。这也是孙悟空最惊险的一次，别的法宝把孙悟空收进去，孙悟空都没有生命危险，唯独这一次，孙悟空在瓶子里真的软化了：

行者心惊道："难！难！难！怎么我长他也长，我小他也小？如之奈何！"说不了，孤拐上有些疼痛，急伸手摸摸，却被火烧软了，自己心焦道："怎么好？孤拐烧软了！弄做个残疾之人了！"

事后孙悟空用救命毫毛逃脱，跟唐僧说起这段经历，都不得不感慨："师父，才这一去，一则是东土众僧有缘有分，二来是师父功德无量无边，三也亏弟子法力！……今得见尊师之面，实为两世之人也！"

孙悟空第二次打进狮驼岭山中，心中还是有些忌惮，所以拉着猪八戒一起去（壮我些胆气）。但是打的时候是大妖精和孙悟空的单挑。大妖精青狮怪对自己曾经吓退十万天兵的大嘴很有信心，把孙悟空一口给吞了，吓得猪八戒仓皇逃回去吵着要散伙。

当然，孙悟空对自己钻肚子的法术很有信心（黑熊精、铁扇公主、黄眉怪、蟒蛇精都吃过这个亏）。大妖精吞了悟空，就注定要吃苦了。最后达成协议，孙悟空饶了青狮怪一命，三个妖精准备轿子送唐僧过狮驼国。

二妖精黄牙老象表示不服，虽然抓住了猪八戒，但是不久猪八戒就被孙悟空救走，老象自己也被孙悟空秒杀。

最后，没跟孙悟空交手的就只有三妖精云程万里鹏了。但是三妖精这时候没急着跟孙悟空动手，反而同意送唐僧去狮驼国，并且安排了一个大胆的计划：

"着八个抬，八个喝路。我弟兄相随左右，送他一程。此去向西四百余里，就是我的城池，我那里自有接应的人马，若至城边……如此如此，着他师徒首尾不能相顾。要捉唐僧，全在此十六个鬼成功。"

悟空之终极一战（下）

　　狮驼国，是《西游记》中唯一一个把孙悟空吓到的地方。我不多说，请看原文：

　　大圣举铁棒，离轿仅有一里之遥，见城池把他吓了一跌，挣挫不起。

　　之前狮驼岭狮驼洞里头那样血腥都没把他吓到，这个城池却把孙悟空吓得跌了一跤。可想而知，这个城池有多么恐怖。联系前文我们可以得知，这个城池里面没有人住，因为几百年前这里的人都被妖精吃完了，现在整个狮驼国的居民，都是妖精：

　　攒攒簇簇妖魔怪，四门都是狼精灵。斑斓老虎为都管，白面雄彪作总兵。丫叉角鹿传文引，伶俐狐狸当道行。千尺大蟒围城走，万丈长蛇占路程。楼下苍狼呼令使，台前花豹作人声。摇旗擂鼓皆妖怪，巡更坐铺尽山精。狡兔开门弄买卖，野猪挑担干营生。先年原是天朝国，如今翻作虎狼城。

　　随后，三个妖精就开始了原先的计划，大妖精打八戒，二妖精打沙僧，本事最大的三妖精打孙悟空。一对一，然后十六个小妖就把唐僧这个战斗力为负数的渣渣抬进城中。妖精们害怕唐僧受惊影响肉质的口感，特地轻拿轻放，还奉上茶水招待呢。

这一次，孙悟空竟然被妖精抓住了。在大妖精打败了猪八戒，二妖精抓住了沙僧之后，三个妖精合起伙来对付孙悟空一个。孙悟空对自己的敏捷度信心最大，所以见势不妙打算驾筋斗云逃脱，没想到……

行者见两个兄弟遭擒，他自家独力难撑，正是好手不敌双拳，双拳难敌四手（孙悟空毕竟之前吃过他们三打一的亏）。他喊一声，把棍子隔开三个妖魔的兵器，纵筋斗驾云走了。

三怪见行者驾筋斗时，即抖抖身，现了本相，扇开两翅，赶上大圣……他会驾筋斗云，一去有十万八千里路……这妖精扇一翅就有九万里，两扇就赶过了，所以被他一把挝住，拿在手中，左右挣挫不得。

云程万里鹏，敏捷度比孙悟空还要高！所以说，这次孙悟空是真的败给了大鹏。但是，大鹏的武力并非上乘，三个打孙悟空一个才能将孙悟空擒获，而这次孙悟空也是逃脱过程中没有考虑到大鹏能够追上，所以有些轻敌。大鹏也只能算险胜。

这次逃脱失败给孙悟空的心理影响非常大，加上之前两次恐怖经历，就不难理解为什么孙悟空带着唐僧等人逃脱被发现的时候，孙悟空下意识地驾云逃到了狮驼岭。孙悟空心里其实也有些怕了，怕的同时也带有很大程度的恼怒。

行者自夜半顾不得唐僧，驾云走脱，径至狮驼洞里，一路棍，把那万数小妖，尽情剿绝。

第二天孙悟空变成妖精回到狮驼国，却听到了三个妖王传出的谣言："唐僧被大王夹生儿连夜吃了。"这要是放真假美猴王事件之前，估计孙悟空顶多救出两个师弟，哥几个分分行李就散伙了。

但是这时候的孙悟空已经把取经事业当成自己的事，三个魔头这样做不仅没有让孙悟空失去斗志，反而让他有了让如来把经书送他，让他去东土传教的想法：

行者……以心问心道："这都是我佛如来坐在那极乐之境，没得事干，弄了那三藏之经！若果有心劝善，理当送上东土，却不是个万古流传？只是舍不得送去，却教我等来取。怎知道苦历千山，今朝到此丧命！罢！罢！罢！老孙且驾个筋斗云，去见如来，备言前事。若肯把经与我送上东土，一则传扬善果，二则了我等心愿；若不肯与我，教他把松箍儿咒念念，退下这个箍子，交还与他，老孙还归本洞，称王道寡，耍子儿去罢。"

当然，唐僧作为一个重要配角，头上也是有光环的，没那么容易死。然而《西游记》阴谋论者们则在这一情节中捕风捉影，联系之前的"三灾利害"的谎言，得出了一个唐僧前几世都被佛派吃掉的谬论（靠吃唐僧肉维持寿命）。

三灾利害，我在之前就说过，是个谎言，无非是'菩提祖师'推销自己法术的一个幌子。唐僧肉，也无非是观音和太上老君合伙传出的谣言，目的就是让取经队伍吸引沿途妖精势力的注意，借取经之事打击之。

这一情节中三妖精大鹏和大妖精青狮怪的一段对话，也是他们的理由之一：

三怪道："大哥，你抱住他怎的？终不然就活吃？却也没些趣味。此物比不得那愚夫俗子，拿了可以当饭。此是上邦稀奇之物，必须待天阴闲暇之时，拿他出来，整制精洁，猜枚行令，细吹细打的吃方可。"老魔笑道："贤弟之言虽当，但孙行者又要来偷哩。"

按照他们的理论，这个三妖精是佛派的高层之一（如来的干舅舅），和其他佛、菩萨吃过唐僧前世的肉。所以才知道唐僧肉必须这样慢慢吃才有效果，这才一个劲儿鼓吹不能夹生吃。

首先，我没听说什么神仙的玩意得用"猜枚行令"（就是来些桌游、赌博）这种带有喜剧感的方式才能吃出功效。三妖精主张这么吃，无非因为这是稀有的东西，需要慢慢品，开个派对一起开开心心地吃。咱们联系下前文狮驼洞，一道血腥的门后有一个花园般的第二层门，不难理解这些颇有"雅趣"的妖精会有这样的想法。

其次，根据前文孙悟空打探的情报：（大鹏）不知那一年打听得东土唐朝差一个僧人去西天取经，说那唐僧乃十世修行的好人，有人吃他一块肉，就延寿长生不老；只因怕他一个徒弟孙行者十分利害，自家一个难为，径来此处与我这两个大王结为兄弟，合意同心，打伙儿捉那个唐僧也。

一来妖精们自己都说大鹏只是打听，二来如果大鹏吃过，应该是一开始就知道这个事，以他的本事做那俩妖精老大都行，为何最后是临时加入狮驼岭的阵营做老三呢？

种种谬论实在是漏洞百出，我们也不多做批驳了，我相信读者们只要认真看过《西游记》原著，都不会认同他们的观点。

最后，孙悟空真的去找了如来，如来早就急不可耐，立马领着五百罗汉、三千揭谛，两个尊前弟子阿傩、迦叶，两个菩萨文殊、普贤前来讨伐。

最后三妖精虽然有大闹西天的打算，但是大妖精、二妖精最终被自家主人秒杀，很快就被收服。三妖精本事虽然大，但是也被如来用计控制住：

第三个妖魔不伏，腾开翅，丢了方天戟，扶摇直上，轮利爪要刁捉猴王。原来大圣藏在光中，他怎敢近？如来情知此意，即闪金光，把那鹊巢贯顶之头，迎风一幌，变做鲜红的一块血肉。妖精轮利爪刁他一下，被佛爷把手往上一指，那妖翅膊上就了筋。飞不去，只在佛顶上，不能远遁……

这妖精被控制和当年孙悟空被控制一样，都是通过欺骗和控制身体的法术。看来如来这方面的法力非同小可。

还有一个细节，我们最后提一下。在取经的过程中，孙悟空自身也得到了提高。之前书中只承认孙悟空在担任齐天大圣时是太乙金仙，其他时候都称之为太乙散仙。但是在这段情节中，开始称孙悟空为太乙金仙，或许也说明孙悟空的法力啥的得到了提升。当然，也可能只是作者的笔误而已，哈哈。

全然不似出家人（上）

　　在狮驼国一战中，孙悟空备受如来照顾——大鹏袭击过来的时候如来还保护孙悟空呢。孙悟空这时候在取经队伍中的威望那是更不用说，而唐僧这时候也对孙悟空恭恭敬敬。在接下来的故事里，唐僧别说是高僧的样子，几乎连个出家人的样子都没有。毕竟，他已经没有继续装下去的必要了，取经团队老大的位置，孙悟空已经坐稳了。

　　在比丘国，唐僧就出了各种洋相。在面见国王时，与妖道国丈讨论各自的宗教，唐僧竟然被他反驳得无话可说：

　　国王欠身道："国丈仙踪，今喜早降。"就请左手绣墩上坐。

　　三藏起一步，躬身施礼道："国丈大人，贫僧问讯了。"

　　那国丈端然高坐，亦不回礼，转面向国王道："僧家何来？"

　　国王道："东土唐朝差上西天取经者，今来倒验关文。"

　　国丈笑道："西方之路，黑漫漫有甚好处！"

　　三藏道："自古西方乃极乐之胜境，如何不好？"

　　那国王问道："朕闻上古有云：'僧是佛家弟子。'端的不知为僧可能不死，向佛可能长生？"三藏闻言，急合掌应道："……"

　　且不说唐僧说了些什么，单单这个"急"字，就显示出了唐僧的"怯"。

那国丈闻言，付之一笑，用手指定唐僧道："呵！呵！呵！你这和尚满口胡柴！……三教之中无上品，古来惟道独称尊！"那国王听说，十分欢喜，满朝官都喝采道："好个'惟道独称尊'！'惟道独称尊'！"长老见人都赞他，不胜羞愧。

你看人家这个妖道，虽然是个妖精，但是气势上可以说是完败唐僧。而一说大道理，让众人都喝彩，唐僧作为天朝来的"圣僧"，要是不羞愧那脸皮得有城墙厚了。

之后孙悟空打探到：国丈和国王打算把唐僧的心肝代替一千多个小孩的心肝做药。孙悟空回来报信，结果还没说，就把唐僧吓趴下了：

行者听得这个消息，一翅飞奔馆驿，现了本相，对唐僧道："师父，祸事了！祸事了！"那三藏才与八戒、沙僧领御斋，忽闻此言，唬得三尸神散，七窍烟生，倒在尘埃，浑身是汗，眼不定睛，口不能言。慌得沙僧上前挽住，只叫："师父苏醒！师父苏醒！"八戒道："有甚祸事？有甚祸事？你慢些儿说便也罢，却唬得师父如此！"……

这里可以看出一点，唐僧对人间君王的恐惧其实甚于对妖精的恐惧，所以单单听孙悟空说是"祸事"就吓得不省人事。这好理解，毕竟妖精对唐僧来说是另一个次元的东西。何况对付妖精，杀了就好，杀妖精不算杀生。但是这些坏人，比妖精还可怕，还难对付。

为了活命，唐僧全然不顾及自己的形象了：

三藏战兢兢的，爬起来，扯着行者，哀告道："贤徒啊！此事如何是好？"行者道："若要好，大做小。"沙僧道："怎么叫做'大做小'？"行者道："若要全命，师作徒，徒作师，方可保全。"三藏道："你若救得我命，情愿与你做徒子、徒孙也。"行者道："既如此，不必迟疑。"

唐僧狼狈地从地上"爬起来"，对孙悟空那叫"哀告"。为了活命，唐僧不仅完全不顾及自己作为师父的名分，反而说只要孙悟空能够救他，做猴子的徒子徒孙也没事。最后对拌和着猪八戒尿液的泥浆毫不介意，涂在脸上假扮孙悟空……

随后作者又借孙悟空变的假唐僧挖心这段，把唐僧这个形象做了一个另类的诠释。国王提出要唐僧的心肝做药引，假唐僧毫不介意，说自己的心多，问国王要啥样的。国丈略带辱骂地说，要黑心。于是假唐僧挖出了各种心：

假僧接刀在手，解开衣服，丢起胸膛，将左手抹腹，右手持刀，嘡喇的响一声，把腹皮剖开，那里头就骨都都的滚出一堆心来……假僧将那些心，血淋淋的，一个个捡开与众观看，却都是些红心、白心、黄心、悭贪心、利名心、嫉妒心、计较心、好胜心、望高心、侮慢心、杀害心、狠毒心、恐怖心、谨慎心、邪妄心、无名隐暗之心、种种不善之心，更无一个黑心。

虽然后文中，孙悟空说他们"和尚家都是一片好心"，但是这里头分明有很多不好的"心"。而这些心，正是唐僧心理的写照。也有人要说这些心是暗示孙悟空的性格，可是你哪儿见孙悟空有"谨慎心""恐怖心"？

而反观唐僧，跟唐太宗主动要求去西天取经，实际上就是悭贪心、利名心；白骨精那次赶走孙悟空，就是嫉妒心、计较心、好胜心、望高心、侮慢心作祟；五庄观孙悟空替唐僧挨打却还遭骂、真假美猴王那次赶走孙悟空就是狠毒心；而那些恐怖心、谨慎心、邪妄心、无名隐暗之心，一天怎么也得出现个十回八回的。

唐僧有没有杀害心呢？大家不要以为没有。一般原著中都会有个附录：《陈光蕊赴任逢灾，江流僧复仇报本》，那里面唐僧杀死自己杀父仇人的时候手段何其残忍！虽然这一段是后人所写，但是唐僧杀了杀父仇人是真的，在第十一回描述唐僧经历的时候就有这么两句诗：总管开山调大军，洪州剿寇诛凶党。

反观孙悟空，在这一次则是出尽了风头。不仅救了一千多个小孩儿，寿星还看在孙悟空的面子上给了国王三颗枣子治好了国王的病。国王还要求孙悟空给他点儿指教，孙悟空再一次展示了自己文艺的一面：

三藏叫："徒弟，收拾辞王。"那国王又苦留求教，行者道："陛下，从此色欲少贪，阴功多积。凡百事将长补短，自足以祛病延年，就是教也。"遂拿出两盘散金碎银，奉为路费。唐僧坚辞，分文不受。（唐僧真好意思，又不是你降妖除魔。）

之后城中百姓感谢孙悟空的恩德，各家各户摆宴席感谢，来不及摆宴席的就送鞋送帽子啥的。为此他们足足在比丘国待了一个多月，整个过程中，唐僧毫无存在感。

按照常理，接下来唐僧该发作一次，显示自己的存在感，维护自己仅有的权威了。

全然不似出家人（下）

　　过了比丘国，唐僧仅有的威严完全扫地，在八十回《姹女育阳求配偶，心猿护主识妖邪》，孙悟空就开起了唐僧的玩笑。

　　四众行戡多时，又过了冬残春尽，看不了野花山树，景物芳菲，前面又见一座高山峻岭。三藏心惊，问道："徒弟，前面高山，有路无路？是必小心！"行者笑道："师父这话，也不像个走长路的，却似个公子王孙，坐井观天之类。自古道：'山不碍路，路自通山。'何以言有路无路？"

　　一般而言，人最大的缺点也是人最大的逆鳞，最不愿意别人提起。因为这个缺点之所以大，就是不愿意改嘛！孙悟空这几句话说得非常对，唐僧就是个王孙公子，压根儿没出过什么远门，也没见过什么妖精鬼怪。

　　但是这次，唐僧忍了。这要是在取经团队刚刚凑齐那会儿，我估计《紧箍儿咒》能念七八十遍。

　　之后唐僧又在那里想念自己的家乡，搞得孙悟空等人有些不耐烦：

　　行者道："师父，你常以思乡为念，全不似个出家人。放心且走，莫要多忧，古人云：'欲求生富贵，须下死工夫。'"三藏道："徒弟，虽然说得有理，但不知西天路还在那里哩！"八戒道："师父，我佛如来舍不得那三藏经，知我们要取去，想是搬了；不然，如何只管不到？"沙僧道："莫胡谈！只管跟着大哥走，只把工夫揞他，终须有个到之之日。"

这一句"全不似个出家人"，可谓对唐僧形象的点睛之笔，所以我也用来作为这两个章节的名字。而最后猪八戒沙僧的对话也颇有内涵，猪八戒那句话，明显是在嘲笑唐僧的毅力；而沙僧那句话，表面上看是跟猪八戒说的，实际上，何尝不是在跟唐僧表示：师父，你别胡扯了，现在我们只听猴哥的。

再后来遇到白鼠精变的美女，跟红孩儿一样的路数，想通过被强盗抢了这个谎言赢得唐僧的同情。原本唐僧都信了孙悟空的话，但是最后妖怪喊了一句"你放着活人的性命还不救，昧心拜佛取何经？"，最终让唐僧回心转意决定"救"她。但是猪八戒和沙僧还是站在孙悟空这边：

唐僧在马上听得又这般叫唤，即勒马叫："悟空，去救那女子下来罢。"行者道："师父走路，怎么又想起他来了？"唐僧道："他又在那里叫哩。"行者问："八戒，你听见么？"八戒道："耳大遮住了，不曾听见。"又问："沙僧，你听见么？"沙僧道："我挑担前走，不曾在心，也不曾听见。"行者道："老孙也不曾听见。师父，他叫甚么？偏你听见。"（孙悟空这话带有点儿挑衅意味了。）

但是，徒弟们越是这样保护唐僧，唐僧越是要一意孤行！在这个情节中，唐僧都是在不断地出洋相。后来独自跑进一个荒庙，都把自己吓个半死：

三藏硬着胆，走进二层门，见那钟鼓楼俱倒了，止有一口铜钟，札在地下⋯⋯

长老高声赞叹，不觉的惊动寺里之人。那里边有一个侍奉香火的道人，他听见人语，扒起来，拾一块断砖，照钟上打将去。那钟当的响了一声，把个长老唬了一跌；挣起身要走，又绊着树根，扑的又是一跌。（狼狈啊，狼狈）长老倒在地下，抬头又叫道："钟啊！贫僧正然感叹你，忽的叮当响一声。想是西天路上无人到，日久多年变作精。"那道人赶上前，一把挽住道："老爷请起。不干钟成精之事。却才是我打得钟响。"

三藏抬头见他的模样丑黑，道："你莫是魍魉妖邪？我不是寻常之人，我是大唐来的，我手下有降龙伏虎的徒弟。你若撞着他，性命难存也！（这胆量⋯⋯比老鼠还小）道人跪下道："老爷休怕，我不是妖邪，我是这寺里侍奉香火的道人⋯⋯"那唐僧方然正性（这四个字极妙，伪君子的样子跃然纸上）道："住持，险些儿唬杀我也，你带我进去。"

在庙里住下了，唐僧没多久就病了。病得还很重，原因是因为唐僧前世曾经浪费过粮食，孙悟空还引用了后世的《悯农》（"谁知盘中餐，粒粒皆辛苦"），教育了一贯不珍惜粮食的猪八戒。

唐僧病情好转没一会儿，孙悟空就得知妖怪吃人了，要去抓妖怪，唐僧竟然不同意：

三藏惊道："又捉甚么妖精？"

行者道："有个妖精在这寺里，等老孙替他捉捉。"

唐僧道："徒弟呀，我的病身未可，你怎么又兴此念！倘那怪有神通，你拿他不住啊，却又不是害我？"

行者道："你好灭人威风！老孙到处降妖，你见我弱与谁的？

只是不动手，动手就要赢。"

三藏扯住道："徒弟，常言说得好，'遇方便时行方便，得饶人处且饶人。操心怎似存心好，争气何如忍气高！'"

要不是后来孙悟空说这个妖怪吃了和尚，唐僧可不会让他去"逞能"。

然而孙悟空确实是个坐怀不乱的君子。这妖怪是变作美女，先色诱，再吃人。孙悟空变成的小和尚引妖怪作案，面对妖怪的诱惑，孙悟空毫不动心（也好理解，或许妖怪变个母猴子孙悟空就把持不住了，哈哈）。

这段描写颇为那啥，俺就不列出来给大家伙看了。

这一次的妖怪，跟蝎子精一样，抓唐僧的目的是为了跟唐僧结婚。与上次一样，孙悟空对唐僧非常不放心，试探了唐僧的诚心。幸好，唐僧对自己破戒的下场有所了解：

长老闻言，咬牙切齿道："徒弟，我自出了长安，到两界山中收你，一向西来，那个时辰动荤？那一日子有甚歪意？今被这妖精拿住，要求配偶，我若把真阳丧了，我就身堕轮回，打在那阴山背后，永世不得翻身！"

之后孙悟空安排唐僧跟妖怪搭话，这时孙悟空的心里还是有些不放心：

行者暗中笑道："我师父被他这般哄诱，只怕一时动心。"

当然，破戒的代价太大，所以唐僧把持住了。最多最多，也就是喝了一杯葡萄做的素酒。这可不是葡萄酒，而是果汁一类的饮料，我之前已经说过。

后面的情节我就不多说了。只说一点，就是天庭官僚的气度。你看孙悟空和二郎神见面，那是英雄相惜，兄弟相称。可是李天王见了孙悟空：

　　天王遂出迎迓，又见金星捧着旨意，即命焚香。及转身，又见行者跟入，天王即又作怒。你道他作怒为何？当年行者大闹天宫时，玉帝曾封天王为降魔大元帅，封哪吒太子为三坛海会之神，帅领天兵，收降行者，屡战不能取胜。还是五百年前败阵的仇气，有些恼他，故此作怒。

　　跟二郎神一比，一个天，一个地。

悟空的最难任务

　　这一次师徒四人来到灭法国，事先观音菩萨和红孩儿（这时候已经是善财童子了）前来报信。不用说，又是个必过关卡。

　　套路都是一样的，观音菩萨和红孩儿变成两个普通人：

　　柳阴中走出一个老母，右手下搀着一个小孩儿，对唐僧高叫道："和尚，不要走了，快早儿拨马东回，进西去都是死路。"

　　接下来是提供情报——前面是灭法国，国王发了疯，发誓要杀一万个和尚，现在杀了九千九百九十六个，就等你们四个去凑数呢。然后告诉他们，这里不能绕道：

　　三藏闻言，心中害怕，战兢兢的道："老菩萨，深感盛情，感谢不尽！但请问可有不进城的方便路儿，我贫僧转过去罢。"那老母笑道："转不过去，转不过去，只除是会飞的，就过去了也。"

　　最后被孙悟空认出来，现了本相，回自己家去了。

　　这样一个关卡为何必过？显而易见，这样一个敌视佛教的国家，不对其进行一番教化，肯定是不行的。

　　这样的情况，孙悟空倒是不怕，猪八戒、沙僧也不会有太多紧张。毕竟凡人的武器未必杀得了他们，而且他们原本就不属于人间，或者说不属于人类社会。但是唐僧作为一个肉体凡胎的人，对此心怀芥蒂，所以对孙悟空再三叮嘱。

其实这次任务的难度是很大的，不能杀人，还得平安经过这个城邦。于是孙悟空想到了第一个办法，换上衣服，乔装成俗人，来个瞒天过海。

细节不多说，这里有句话或许大家看着有些不明白：

那呆子慌了道："但你说话，通不察理。我们如今都是和尚，眼下要做俗人，却怎么戴得头巾？就是边儿勒住，也没收顶绳处。"

这是在孙悟空借来俗人的衣服之后，猪八戒说的话。作者是明朝人，所以啥玩意都按照明朝时期的社会习俗来描写。古代，只要不是出家人，出门都要戴个头巾。这个头巾可不是毛巾一类的东西，而是泛指裹头的纺织品，与冠、帽并称。毛毡做的、有大檐的一般叫帽，里面有支撑的叫冠，没有支撑、没有檐、布做的就叫巾。那时候的巾，没有头发，一来没有发髻，撑不起来（没收顶绳处），二来就是边上勒不住。

另外有个细节，大家也要注意。这个国王虽然不信佛，还对和尚有偏见，但是治国不赖，也算得上太平盛世。这或许就是观音菩萨没要求严肃处罚这个国王的原因。

后来发生的故事颇有《疯狂的石头》这类电影的风范，各种凑巧发生在一块：

先是他们仨进了一家酒店，花钱点了上席（还差点点了小姐），要求住在一个不见光的地方（怕被发现）。毕竟是花了大价钱的，老板娘服务态度也不错，只好尽量满足，于是安排他们住进了一个可以睡六七个人的柜子。

可惜这师徒四个睡觉又不老实（尤其是猴哥），在柜子里毛手毛脚，还一不小心吹了一个牛：

"我们原来的本身是五千两，前者马卖了三千两，如今两搭联里现有四千两，这一群马还卖他三千两，也有一本一利，彀了！彀了！"

结果招来了二十多个强盗，把他们的行李、龙马抢走了，这个柜子也被整个抬走。这一抬走不要紧，惊动了城里的军队和警察。这帮强盗胆子又小，看到官军追就把柜子和行李放下了，白龙马也不要了，四散奔逃。官军没抓到半个强盗，就把这个柜子、行李啥的弄了回去。

总之，整个过程非常搞笑，值得大家细细品味。

之后孙悟空把满朝文武太监宫女啥的都变成了光头。国王于是对之前杀和尚的行为感到愧疚。后来官兵拿这个柜子啥的当战利品邀功，他们几个从柜子里一出来，把满朝文武吓了一跳：

方揭了盖，猪八戒就忍不住往外一跳，唬得那多官胆战，口不能言。又见孙行者挽出唐僧，沙和尚搬出行李。八戒见总兵官牵着马，走上前，咄的一声道："马是我的！拿过来！"吓得那官儿翻跟头，跌倒在地。

不过，这一次取经队伍中发生了一个变化。以往都是别人请教孙悟空，唐僧跑去出风头，或者别人感谢孙悟空，唐僧出风头。这一次，出风头的是孙悟空：

国王道："老师是天朝上国高僧，朕失迎逆。朕常年有愿杀僧者，曾因僧谤了朕，朕许天愿，要杀一万和尚做圆满。不期今夜皈依，教朕等为僧。如今君臣后妃，发都剃落了，望老师勿吝高贤，愿为门下。"

……"师若肯从，愿将国中财宝献上。"行者道："莫说财宝，我和尚是有道之僧。你只把关文倒换了，送我们出城，保你皇图永固，福寿长臻。"

这次出面的是孙悟空，有点让人意外，因为国王问的是唐僧。最重要的是，孙悟空以"有道之僧"自居，提出的条件就是办理护照、送他们出城。这时候，孙悟空反而更像师父了。

那国王……求三藏改换国号。行者道："陛下'法国'之名甚好，但只'灭'字不通；自经我过，可改号'钦法国'，管教你海晏河清千代胜，风调雨顺万方安。"国王谢了恩。摆整朝銮驾，送唐僧四众出城西去。

这一段类似金光寺的改名，孙悟空起名字还是有一套的。但是国王求的是唐僧，回答的却是孙悟空。而在离开钦法国后紧接着的一段对话中，更加凸显孙悟空在取经团队中的绝对权威：

行者笑道："你（指唐僧）把乌巢禅师的《多心经》早已忘了？"

三藏道："我记得。"

行者道："你虽记得，还有四句颂子，你却忘了哩。"

三藏道："那四句？"

行者道："佛在灵山莫远求，灵山只在汝心头。人人有个灵山塔，好向灵山塔下修。"

三藏道："徒弟，我岂不知？若依此四句，千经万典，也只是修心。"

行者道："不消说了，心净孤明独照，心存万境皆清。差错些儿成惰懈，千年万载不成功。但要一片志诚，雷音只在眼下。似你这般恐惧惊惶，神思不安，大道远矣，雷音亦远矣。且莫胡疑，随我去。"

那长老闻言，心神顿爽，万虑皆休。

这段对话中，师父与徒弟的身份仿佛调换了。重点不仅在于这时候孙悟空跟唐僧说禅理，督促唐僧多学佛学，还在于唐僧对孙悟空的佛学理论知识也是心服口服。

可以这么说，从"白鼠精""灭法国"这两件事情之后，孙悟空成了取经团队的真正头目。不仅猪八戒、沙僧跟孙悟空站在一起，就连唐僧也不敢和孙悟空叫板了。

卖萌的八戒

　　南山大王是猪八戒打死的唯一一个老妖。在这一段里，猪八戒的"萌"得到了充分的体现。所以这一章，我们在说南山大王的同时，也说说猪八戒的萌。

　　过了钦法国到了隐雾山，孙悟空发现了妖怪，但是出于种种精神洁癖，孙悟空不想主动挑起战斗，所以回去撒谎，引猪八戒去动手。

　　行者笑道："师父，我常时间还看得好，这番却看错了。我只说风雾之中恐有妖怪，原来不是。"三藏道："是甚么？"行者道："前面不远，乃是一庄村。村上人家好善，蒸的白米干饭，白面馍馍斋僧哩。这些雾，想是那些人家蒸笼之气，也是积善之应。"

　　猪八戒一听说有食物斋僧，立马来了兴趣，把孙悟空悄悄拉到一边，询问情况。孙悟空谎称自己已经吃过了，就是菜口味重了点，所以没多吃。于是猪八戒谎称自己去弄马草喂马，打算先吃一顿独食再说。结果猪八戒碰上了妖怪：

　　却说那怪物收风敛雾，号令群妖，在于大路口上，摆开一个圈子阵，专等行客。这呆子晦气，不多时，撞到当中，被群妖围住，这个扯住衣服，那个扯着丝绦，推推拥拥，一齐下手。

可是，在这拉拉扯扯的时候，猪八戒还没反应过来，竟然以为是别人抢着拉他去吃饭。所以猪八戒回应他们说："不要扯，等我一家家吃将来。"弄得妖怪们都摸不着头脑，问他到底要吃啥。

直到妖怪们自报家门，猪八戒才反应过来：

群妖道："你想这里斋僧，不知我这里专要吃僧。我们都是山中得道的妖仙，专要把你们和尚拿到家里，上蒸笼蒸熟吃哩，你倒还想来吃斋！"

八戒闻言，心中害怕，才报怨行者道："这个弼马温，其实意懒！他哄我说是这村里斋僧，这里那得村庄人家，那里斋甚么僧，却原来是些妖精！"

一个人物呆萌成这个样子，真不简单。所以不难理解为何后世文艺作品总喜欢拿猪八戒做主角，比如《天上掉下个猪八戒》。作品里卖萌的角色都容易让人喜欢，比如说元代杂剧《西游记》里的孙悟空，哈哈。

这次遇到的南山大王战斗力很弱，少有的连猪八戒都打不过的妖怪。但是南山大王有个厉害的手下，了解他们的情况：

老妖道："你怎么晓得他这等详细？"小妖道："我当初在狮驼岭狮驼洞与那大王居住……来到此处，蒙大王收留。故此知他手段。"

所以也不难理解为何后面南山大王会用和狮驼三怪同样的方法让孙悟空死心——谎称唐僧已经被吃了。毕竟手下以前就在那边工作。而且，抓唐僧的计策也大致一样，都是把仨徒弟引开，然后抓走唐僧。这次的妖怪非常弱，连猪八戒都轻敌了，所以妖怪得手过程很容易。

跟电视剧不太一样的是，妖怪第二次给他们的人头是真人头，孙悟空也不忍心细看，信以为真了。

众妖……："大圣爷爷，先前委是个假头。这个真正是唐老爷的头，我大王留了镇宅子的，今特献出来也。"扑通的把个人头又从门窟里抛出，血滴滴的乱滚。孙行者认得是个真人头，没奈何就哭，八戒、沙僧也一齐放声大哭。

当然了，这个妖怪也跟狮驼三怪一样，低估了孙悟空等人此时取经的决心。虽然让他们暂时去埋葬这个人头，却也激起了他们仨的复仇之心。

接下来有一段对话，大家或许有点看不太懂，我来解释一下：

老怪持铁杵，应声高呼道："那泼和尚，你认不得我？我乃南山大王，数百年放荡于此。你唐僧已是我拿吃了，你敢如何？"

行者骂道："这个大胆的毛团！你能有多少的年纪，敢称'南山'二字？李老君乃开天辟地之祖，尚坐于太清之右；佛如来是治世之尊，还坐于大鹏之下；孔圣人是儒教之尊，亦仅呼为'夫子'。你这个孽畜，敢称甚么南山大王，数百年之放荡！不要走！吃你外公老爷一棒！"

南山大王，在我们现在看来并不算特牛的称呼。孙悟空都自称美猴王，为何非要说这个"南山大王"臭不要脸呢？因为这里有个典故。

我们首先要说说这个妖怪的原形——豹子。过去有一个成语，叫南山隐豹。说的是南山玄豹（黑豹）在下雨下雾的时候，可以隐藏起来七天不吃东西。这座山叫隐雾山，所以南山大王取这个称号，跟这个成语故事很有关系。

而南山隐豹，形容的是那些处事低调、隐逸的圣贤。这个妖怪取这个名字，无异于扛着一面巨大的旗帜走在大街上，旗帜上写着——我是一个很低调的圣人。所以孙悟空才会拿三教教祖（如来、老子、孔子）的低调作风来教育这个臭不要脸的妖怪。

这个妖怪最后被孙悟空用毫毛变出来的低级瞌睡虫迷晕了，还被猪八戒打死，洞府也被烧了。南山大王死后现出的原形是艾叶花皮豹子精，这次作者又表现出了自己对动物学的无知（其实当时普遍缺乏这类知识），说艾叶花皮豹子精能够吃老虎：

八戒上前一钯，把老怪筑死，现出本相，原来是个艾叶花皮豹子精。行者道："花皮会吃老虎，如今又会变人。这顿打死，才绝了后患也！"

有两种豹子都被称之为艾叶豹子，一种是云豹，跟土狗一样大；一种是雪豹，最大的也才 80 千克。华南虎普遍有 150 多千克，东北虎更大。所以无论是哪种艾叶豹子，都无法打败老虎，更别说吃了。

另外，这个南山大王，也是师徒们进入天竺国前的最后一个妖怪。他们马上就要到天竺国了。但是，天竺国很大，有很多州府郡县，不像沿途很多国家就是些小城邦，所以进入天竺国境内不等于到达灵山。路，还很长。

给官僚派的致命打击

　　我估计在唐僧心里，认为只要到了天竺国就万事大吉，再没有妖精和磨难了。毕竟这里是天竺国，是如来的老家，佛派的大本营。可是到了天竺国凤仙郡，却不是那么回事，这里已经三年没下雨了。

　　虽然没有菩萨神仙下达任务，但是作为进入天竺国的第一站，无论如何这个关卡都不好意思跳过。刚刚进入佛祖脚下，怎么也得意思意思啊。但是唐僧却不明白这个道理，一心只想赶路结束这段旅程：

　　三藏道："徒弟们，且休闲讲。那个会求雨，与他求一场甘雨，以济民瘼，此乃万善之事；如不会，就行，莫误了走路。"

　　行者道："祈雨有甚难事！我老孙翻江搅海，换斗移星，踢天弄井，吐雾喷云，担山赶月，唤雨呼风：那一件儿不是幼年耍子的勾当！何为稀罕！"

　　显然孙悟空更有觉悟。但是，这次求雨却不像之前那么简单。我们类比一下：

　　车迟国那次，是玉帝下了旨意，可以下雨。但是下雨的神仙们害怕孙悟空，所以迟了那么一小会儿，在孙悟空作法的时候下雨，也不算抗旨不遵。

红孩儿那次不能算求雨，只能算请龙王放水。

朱紫国那次，玉帝没有下旨，龙王也没带雨具，所以打了几个喷嚏、鼻涕当作雨。算是打了擦边球，也不算抗旨。

但是这次，连擦边球都不能打，玉帝特地下旨说这个地方不能下雨。龙王的说法是：

龙王道："岂敢推托？但大圣念真言呼唤，不敢不来。一则未奉上天御旨，二则未曾带得行雨神将，怎么动得雨部？大圣既有拔济之心，容小龙回海点兵，烦大圣到天宫奏准，请一道降雨的圣旨，请水官放出龙来，我却好照旨意数目下雨。"

字里行间，可以看出龙王是想下雨的，但是因为种种原因，就是不敢下。所以孙悟空去了天庭，天庭看门的天王给的说法更加明确：

天王道："那壁厢敢是不该下雨哩。我向时闻得说：那郡侯撒泼，冒犯天地，上帝见罪，立有米山、面山、黄金大锁；直等此三事倒断，才该下雨。"行者不知此意是何，要见玉帝。

最后玉帝说出了事情的由来：

玉帝道："那厮三年前十二月二十五日，朕出行监观万天，浮游三界，驾至他方，见那上官正不仁，将斋天素供，推倒喂狗，口出秽言，造有冒犯之罪，朕即立以三事，在于披香殿内。汝等引孙悟空去看。若三事倒断，即降旨与他；如不倒断，且休管闲事。"

所谓的三件事，就是指：

一座米山，约有十丈高下；一座面山，约有二十丈高下。米山边有一只拳大之鸡，在那里紧一嘴，慢一嘴，嗛那米吃。面山边有一只金毛哈巴狗儿，在那里长一舌，短一舌，餂那面吃。左边悬一座铁架子，架上挂一把金锁，约有一尺三四寸长短，锁梃有指头粗细，下面有一盏明灯，灯焰儿燎着那锁梃。

等鸡吃完了米，狗吃完了面，灯烧断了金索，才能下雨。大家可能觉得这没啥，三年了，怎么的也该吃完了啊，锁烧了三年也该断了啊。可是大家别忘了，在《西游记》的设定里，天上的一天地上一年。等这三件事弄完，我估计得等到三十多世纪，凤仙郡那地方早就成了沙漠了。

但是，玉帝蠢就蠢在这里。这样一件小事，你耿耿于怀也就算了，你干吗告诉孙悟空呢？就连如来都知道，孙悟空嘴巴不严，你告诉了孙悟空，凤仙郡的人还不全知道了？

果然，孙悟空回到凤仙郡，就把这事儿告诉了凤仙郡的郡侯。虽然说郡侯心里肯定也有内疚，但是要说他对玉帝一点意见都没有，我是不相信的。

孙悟空也明白这一点，所以他的办法也非常的妙。四大天师早就告诉孙悟空解决的办法了："大圣不必烦恼，这事只宜作善可解。若有一念善慈，惊动上天，那米、面山即时就倒，锁梃即时就断。你去劝他归善，福自来矣。"

事情就是如此的简单，不过是让郡侯和全城的百姓好好祭拜一次神仙，端正一下他们的态度就能解决问题。玉帝不就是嫌郡侯对神仙不尊重吗？可是，只有玉帝才是神仙？只有官僚派的神仙才是神仙吗？

对孙悟空来说，这是一次大好的传教机会啊！

行者道："不难！不难！我临行时，四天师曾对我言，但只作善可解。"那郡侯拜伏在地，哀告道："但凭老师指教，下官一一皈依也。"行者道："你若回心向善，趁早儿念佛看经，我还替你作为；汝若仍前不改，我亦不能解释，不久天即诛之，性命不能保矣。"

孙悟空要他回心向善，但不是继续祭拜玉帝，而是祭拜佛爷。这下一举三得：

首先，作为郡侯来说，他推倒玉帝的供桌是有客观原因的，因为这件小事就害得这里民不聊生，让他再祭祀玉帝估计也是口在心不在。

其次，玉帝作为三界的最高元首，念佛看经也属于向善。如果说这里念佛看经就不下雨，佛派的势力会怎么看他？

最后，这里因为念佛下了雨，因为拜玉帝不小心就三年不下雨——以后这里的信仰状况如何，一目了然。

在孙悟空的倡导下，整个凤仙郡呈现出一派非常壮观的景象：

当时召请本处僧道，启建道场，各各写发文书，申奏三天。郡侯领众拈香瞻拜，答天谢地，引罪自责。三藏也与他念经。一壁厢又出飞报，教城里城外大家小户，不论男女人等，都要烧香念佛。

等孙悟空再上天庭的时候，当听说这里的郡侯已经归正，连官僚派的天王都会心一笑（可见玉帝在这件事上不得人心）。这次孙悟空没有见到玉帝，只听说玉帝同意让这里下雨。我估计啊，玉帝正在凌霄宝殿气得直哭呢：

护国天王道："大圣，不消见玉帝了。你只往九天应元府下，借点雷神，径自声雷掣电，还他就有雨下也。"

最后起了雷声，城中百姓高兴疯了：

那凤仙郡，城里城外，大小官员，军民人等，整三年不曾听见雷电；今日见有雷声霍闪，一齐跪下，头顶着香炉，有的手拈着柳枝，都念："南无阿弥陀佛！南无阿弥陀佛！"

玉帝虽然生气，却也不好发作，只得强装欣慰：

玉帝见了道："那厮们既有善念，看三事如何。"

正说处，忽有披香殿看管的将官报道："所立米面山俱倒了。霎时间米面皆无。锁梃亦断。"

奏未毕，又有当驾天官引凤仙郡土地、城隍、社令等神齐来拜奏道："本郡郡主并满城大小黎庶之家，无一家一人不皈依善果，礼佛敬天。今启垂慈，普降甘雨，救济黎民。"

玉帝闻言大喜，即传旨："着风部、云部、雨部，各遵号令，去下方，按凤仙郡界，即于今日今时，声雷布云，降雨三尺零四十二点。"

虽然说是大喜，但那是在那帮子土地公公面前。这时候玉帝要是再耍性子，在这帮小神面前跌了相，估计在凤仙郡乃至整个天竺国，他的光辉形象就所剩无几了⋯⋯

这一次，虽然没有杀一个官僚派的妖精，没有铲除一个官僚派的势力，但是矛头直指官僚派的首脑——玉帝。在之前剿灭白鼠精的时候，官僚派军事统帅李天王的威严也受到了挑战。整个过程下来，官僚派在西天路上和天竺国的威望所剩无几。

真人派的势力让人无法直视

一路上的妖精除了黑熊怪，没有哪个对唐僧他们的宝贝袈裟之类的感兴趣。可是没想到到了天竺国的玉华县，又有妖精被宝贝所吸引。只不过不是宝贝袈裟，而是唐僧三个徒弟的武器。

这三个人收了玉华王的三个王子做徒弟，传授他们武艺（没有传授法力），把武器给他们做范本，好山寨出一个给王子。没想到，被豹头山的黄狮子精偷去了。

黄狮子精是个战五渣，惹了孙悟空自然没有好果子吃，不仅武器物归原主，洞府还被孙悟空等人烧了。但是这个妖精有个特别牛气的靠山——九灵元圣。

这个靠山的口气非常大，虽然敬重孙悟空的本事，但是并不怕：

妖精道："祖爷知他是谁？"

老妖道："那长嘴大耳者，乃猪八戒；晦气色脸者，乃沙和尚；这两个犹可。那毛脸雷公嘴者，叫做孙行者，这个人其实神通广大，五百年前曾大闹天宫，十万天兵也不曾拿得住。他专意寻人的，他便就是个搜山揭海、破洞攻城、闯祸的个都头！你怎么惹他？——也罢，等我和你去，把那厮连玉华王子都擒来替你出气！"

　　前面把孙悟空的英勇事迹说了一通，原以为他会就此罢休。谁想到他会说这一句：这事，我帮你出气，连同玉华王他们都抓来！

　　好大的口气！这个九灵元圣带着手下七个狮子（是黄狮、猱狮、雪狮、狻猊、白泽、伏狸、抟象），领着俩小妖（刁钻古怪、古怪刁钻），浩浩荡荡地讨伐玉华县。妖精讨伐人类的州县，在《西游记》中算是仅见。可见这个九灵元圣确实有些本事，艺高才能人胆大啊。

　　首战，取经团队俘虏了两个狮子，但是猪八戒也被抓去；第二天，九灵元圣亲自上阵，趁孙悟空和沙僧对抗另外五个狮子时，一招就俘获了唐僧、玉华王、三个王子，并带着猪八戒（等于同时带着六个人），回到了老窝竹节山盘桓洞：

　　原来他九个头就有九张口，一口噙着唐僧，一口噙着八戒，一口噙着老王，一口噙着大王子，一口噙着二王子，一口噙着三王子；六口噙着六人，还空了三张口，发声喊叫道："我先去也！"

　　孙悟空也急了：

　　行者闻得城上人喊嚷，情知中了他计，急唤沙僧仔细；他却把臂膊上毫毛，尽皆拔下，入口嚼烂喷出，变作千百个小行者，一拥攻上。当时拖倒猱狮，活捉了雪狮，拿住了抟象狮，扛翻了伏狸狮，将黄狮打死；烘烘的嚷到州城之下，倒转走脱了青脸儿与刁钻古怪、古怪刁钻儿二怪。那城上官看见，却又开门，将绳把五个狮精又捆了，抬进城去。

　　这下双方差不多扯平了，算是不分胜负。这些狮子精的战斗力普遍不咋地，也就是南山大王的水平。但是这个九灵元圣的战斗力……简直让人无法直视！我们来分析下这段原文：

你看他身无披挂，手不拈兵，大踏步，走到前边，只闻得孙行者吆喝哩。他就大开了洞门，不答话，径奔行者。行者使铁棒，当头支住。沙僧轮宝杖就打。那老妖把头摇一摇，左右八个头，一齐张开口，把行者、沙僧轻轻的又衔于洞内。

首先，战斗过程中，妖精没有使用任何盔甲和兵器，更没有法宝。其次，这个妖精没有任何废话，就一招，抓住了孙悟空和沙僧两个人。再次，整个过程非常轻松，最后，把孙悟空和沙僧"轻轻的"带进了洞里。

就在不久前，八戒还在跟王子等人嘚瑟说，大师兄一定会来救我们的……

诚然，他是九头狮子，多向攻击打孙悟空这类的人有加成。但是，同样是多向攻击的九头虫，也顶多跟孙悟空僵持得久一些；大鹏抓住孙悟空，也是趁着孙悟空轻敌依靠自身的行动速度险胜；赤手空拳秒杀孙悟空的，在《西游记》的妖精中，只有九灵元圣做得到。

而这个九灵元圣在妖精中也显得另类：

一来，他对唐僧肉一点兴趣都没有，甚至都没有伤害唐僧，他抓住这些人只是为了打他们一顿给自己的"孙子们"出气。

二来，联系后文可知，这个妖精不是本地的，到这里才二三年："那老妖前年下降竹节山。那九曲盘桓洞原是六狮之窝，那六个狮子，自得老妖至此，就都拜为祖翁。"虽然说他本人不是坏人（至少不乱杀生），但是收了那些行为不轨的小狮子做了孙子，迅速培植出了自己的势力（其实以他的本事，这也不奇怪）。

而再联系后文的蛛丝马迹，我们就了然于心了。这个妖精，是真人派一个大佬的坐骑，这个大佬就是太乙救苦天尊，辅佐三清的四御之一，地位相当于辅佐佛派三世佛（燃灯、如来、弥勒）的几个主要的菩萨（比如观音）。

真人派大佬的坐骑就这么厉害了，他们本人还了得！

而这个妖精的逃脱，也和太上老君有关系：

天尊问道："狮兽何在？"那奴儿垂泪叩头，只教"饶命！饶命！"天尊道："孙大圣在此，且不打你。你快说为何不谨，走了九头狮子。"狮奴道："爷爷，我前日在大千甘露殿中见一瓶酒，不知偷去吃了，不觉沉醉睡着，失于拴锁，是以走了。"天尊道："那酒是太上老君送的，唤做'轮回琼液'，你吃了该醉三日不醒。那狮兽今走几日了？"大圣道："据土地说，他前年下降，到今二三年矣。"

其实明眼人一看就知道，这出戏他们演砸了。按照他们的说法，这个狮奴偷喝了太上老君送的酒。这个酒一喝就得醉倒三天……

疑点一，太上老君没事送这种蒙汗药性质的酒给天尊干什么？

疑点二，说好的醉三天，这才两天啊……

很显然，这就是他们故意的，说白了就是给即将取得成功的取经团队看一看，真人派，你们惹不起。这个坐骑就已经如此厉害了，而天尊手下看管坐骑的狮奴，却可以随意处置这头狮子：

那妖认得是主人，不敢展挣，四只脚伏之于地，只是磕头。

旁边跑过狮奴儿，一把挝住项毛，用拳着项上打毅百十，口里骂道："你这畜生，如何偷走，教我受罪！"那狮兽合口无言，不敢摇动。狮奴儿打得手困，方才住了……

大家想一想吧，这个太乙救苦天尊，得有多厉害！

而作者的想法也很有意思，孙悟空等人高调得好为人师，结果引来了很多狮子。这样的巧妙设定，也只有《西游记》的作者想得到。作者也借看门的天王的嘴点破了："那厢因你欲为人师，所以惹出这一窝狮子来也。"

做人，还是要低调，毕竟不管你是谁，比你厉害的人多了去。

大唐人在天竺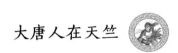

　　取经团队已经到了天竺国境内，而且已经过了凤仙郡、玉华县两个地界，进入了天竺国的核心区域，离灵山也越来越近了。

　　按理，这佛祖脚下，应该是太平盛世，可是虽然说老百姓生活水平确实不差（至少跟之前的小国比好很多），但是妖精却不少。且不说玉华县那一大群狮子精，到了金平府，还遇到了三个妖精。而那些和尚的话，我估计把唐僧的"三观"整个给颠覆了。

　　四众正看时，又见廊下走出一个和尚，对唐僧作礼道："老师何来？"

　　唐僧道："弟子中华唐朝来者。"

　　那和尚倒身下拜，慌得唐僧搀起道："院主何为行此大礼？"

　　那和尚合掌道："我这里向善的人，看经念佛，都指望修到你中华地托生；才见老师丰采衣冠，果然是前生修到的，方得此受用，故当下拜。"

　　唐僧笑道："惶恐！惶恐！我弟子乃行脚僧，有何受用！若院主在此闲养自在，才是享福哩。"

　　……

　　先见的那和尚对后的说道："这老师是中华大唐来的人物。

那三位是他高徒。"众僧且喜且惧道:"老师中华大国,到此何为?"

为什么说这颠覆了唐僧的"三观"呢?打个比方,你以为美国就是天堂,所以一心想去美国镀金,回来当个"大海龟"。历经很多磨难,你终于到了美国,正准备好好享受美国的美好生活的时候,美国人都跟你说,其实中国才是最好的。

唐僧一心以为到了天竺就好了,大唐很多和尚修行的目的就是以后投胎到天竺国。结果天竺的和尚修行的目的则是投胎到大唐,你说这……

这时候正好赶上元宵节,所以他们就在金平府住了下来。为啥作者偏要写元宵节,不写春节呢?

大家别忘了,作者历史不好,啥玩意都按照明朝的规矩来写。在明朝,只有一个长假,不是过年也不是国庆,而是元宵节,即正月十一到正月二十,整整十天。明代春节等节日假期长短经常变动,唯独这个元宵假期从永乐年间到现在一直没怎么变过。

所以作者按照中国明代的元宵节,写了天竺的元宵节……(没办法,《西游记》还是当架空小说看好了。)

闲话不多说。这些人向往大唐,对唐僧来说还有一点安慰,毕竟自己就是大唐人,至少心里还有那么一丝丝的快感。但是在佛祖脚下,有妖精假冒佛爷招摇撞骗,可就……

众僧道:"正是此说,满城里人家,自古及今,皆是这等传说。但油干了,人俱说是佛祖收了灯,自然五谷丰登;若有一年不干,却就年成荒旱,风雨不调。所以人家都要这供献。"

206

这伙妖精每年要弄走多少油呢？按照原文的说法，每年他们都得供奉价值五万余两白银的酥合香油！也就在这时候孙悟空来了，唐僧也被抓走了，他们才听孙悟空告诉，知道这三个"佛菩萨"是妖怪。

行者笑道："原来你这伙凡人，累年不识，故被妖邪惑了，只说是真佛降祥，受此灯供。刚才风到处，现佛身者，就是三个妖精。我师父亦不能识，上桥顶就拜，却被他侮暗灯光，将器皿盛了油，连我师父都摄去。我略走迟了些儿，所以他三个化风而遁。"

其实这帮人也笨，佛菩萨就是再贪心，也不会这么明目张胆跟你们要香油啊。再说，哪有显灵不想接受人拜见，只想让别人回避的神仙？

这次的三个妖精，没啥背景，本事虽然也有一些，但是不大，没离开过金平府，所以没见过什么大世面，胆子也小。他们知道唐僧，却没怎么听说唐僧手下的徒弟，对孙悟空也只是耳闻，不甚了解：

唐僧道："贫僧……我有三个徒弟，大的个姓孙，名悟空行者，乃齐天大圣归正。"

群妖闻得此名，着了一惊道："这个齐天大圣，可是五百年前大闹天宫的？"

唐僧道："正是，正是。第二个姓猪，名悟能八戒，乃天蓬大元帅转世。第三个姓沙，名悟净和尚，乃卷帘大将临凡。"

三个妖王听说，个个心惊道："早是不曾吃他。小的们，且把唐僧将铁链锁在后面，待拿他三个徒弟来凑吃。"

唐僧一贯被人吓唬，这次吓唬了三个妖精，实在难得。但是，这些个宅男妖精只知道孙悟空大闹天宫，不知道孙悟空的模样。相比之下，宅女菩萨毗蓝婆，虽然宅了三百年，但是依然晓得孙悟空是个猴子。在这仨妖精心目中，孙悟空是个彪形大汉：

那妖喝道："你是那闹天宫的孙悟空？真个是'闻名不曾见面，见面羞杀天神！'你原来是这等个猢狲儿，敢说大话！"

这次仨妖精也是被孙悟空请来的救兵降伏的，但是并不能说明这三个妖精单兵战斗力强于孙悟空。俗话说，不怕神一样的对手，就怕猪一样的队友。虽然说是三对三，但是猪八戒（真是猪）、沙僧没打一会就被小妖抓去了。面对三个老妖和一群小妖，孙悟空不愿意冒险，这才请救兵帮忙（前头九灵元圣也把猴哥搞怕了）。

这里再一次出现了生生相克，同时作者也再一次暴露了自己对生物知识的不了解。这次请来的救兵是二十八宿中的四木：奎木狼、井木犴、角木蛟、斗木獬。

你要说蛟龙能够降伏犀牛还差不多，明代也有传说，说犀牛是水牛和蛟龙的杂交品种。斗木獬也是传说中的独角神兽，打败犀牛应该也有可能。

但是，奎木狼，也就是黄袍怪，是狼，狼怎么打得过犀牛呢？井木犴是一只驼鹿，驼鹿虽然是最大的鹿，但是也不能和犀牛比啊！相反，作者还认为井木犴是最能降伏犀牛的：

斗木獬、奎木狼、角木蛟道："若果是犀牛成精，不须我们，只消井宿去罢。他能上山吃虎，下海擒犀。"

驼鹿吃老虎，抓犀牛（犀牛还稀里糊涂成了水生生物）？！

犀牛为何在作者眼中是水生生物呢？大家看这段描写：

原来这怪头上角，极能分水，只闻得花花花，冲开明路。

分析其原因，当然是因为那个时候中国的犀牛不多了，快绝种了。而且，古籍中有个燃犀下照的传说：

晋温峤至牛渚矶，闻水底有音乐之声，水深不可测。传言下多怪物，乃燃犀角而照之。须臾，见水族覆火，奇形异状，或乘马车著赤衣帻。其夜，梦人谓曰："与君幽明道阁，何意相照耶？"峤甚恶之，未几卒。

实际上，这家伙点燃犀牛角一是为了露富，二是因为犀牛角点燃了很亮。而作者受这个传说影响，以为是犀牛角能够避水。

犀牛角很珍贵，这次杀了三个犀牛精，得了六只犀牛角。这几只犀牛角的处置，孙悟空做主：

孙大圣更有主张，就教："四位星官，将此四只犀角拿上界去，进贡玉帝，回缴圣旨。"把自己带来的二只："留一只在府堂镇库，以作向后免征灯油之证；我们带一只去，献灵山佛祖。"

你看现在的孙悟空，多么会做人！

对唐僧的最后一次考验

　　唐僧在天竺国，简直是一刻也呆不下去了。好不容易在金平府过了几天好日子，却又被妖怪捉去。所以这时候的唐僧变得格外心急：

　　次日五更早起，唤八戒备马。那呆子吃了自在酒饭，睡得梦梦乍道："这早备马怎的？"

　　行者喝道："师父教走路哩！"

　　呆子抹抹脸道："又是这长老没正经！二百四十家大户都请，才吃了有三十几顿饱斋，怎么又弄老猪忍饿！"

　　长老听言骂道："馕糟的夯货！莫胡说！快早起来！再若强嘴，教悟空拿金箍棒打牙！"

　　往常唐僧都向着猪八戒，因为猪八戒老实，而且相处久了也觉得猪八戒很萌。这一次竟然为了催促猪八戒赶路，对猪八戒凶神恶煞的，连猪八戒都感到奇怪。

　　那呆子听见说打，慌了手脚道："师父今番变了，常时疼我，爱我，念我蠢夯护我；哥要打时，他又劝解；今日怎么发狠转教打么？"

　　当然，孙悟空对唐僧是很了解的：

行者道："师父怪你为嘴，误了路程，快早收拾行李、备马，免打！"

离开了金平府，唐僧的牢骚又起来了。这一次对话中，孙悟空和唐僧之间，谁才是真正的得道高僧，谁才是取经团队的核心，也有了了结。唐僧虽然没有承认孙悟空的修为悟性比自己高，但是也默认了：

唐僧道："徒弟，虽然佛地不远。但前日那寺僧说，到天竺国都下有二千里，还不知是有多少路哩。"

行者道："师父，你好是又把乌巢禅师《心经》忘记了也？"

三藏道："《般若心经》是我随身衣钵。自那乌巢禅师教后，那一日不念，那一时得忘？颠倒也念得来，怎会忘得！"

行者道："师父只是念得，不曾求那师父解得。"

三藏说："猴头！怎又说我不曾解得！你解得么？"

行者道："我解得，我解得。"

自此，三藏、行者再不作声。

后来猪八戒、沙僧生怕二人闹矛盾，出来打哈哈，沙僧更是直接说孙悟空只是为了哄唐僧走路而已。让人意想不到的是，唐僧竟然如此回复：

三藏道："悟能、悟净，休要乱说，悟空解得是无言语文字，乃是真解。"

然而人间不是没有真正的高僧。布金禅寺的那个老和尚，就是个高僧，不仅一眼看出孙悟空"貌古神清"，对大风吹来的那个天竺国公主的处置，也是非常巧妙。真正的高僧是洞悉人性的，这个老和尚非常明白做和尚的未必全是好人，担心这个女子被别的僧人"点污","将他锁在一间敞空房里，将那房砌作个监房模样，门上止留一小孔，仅递得碗过。"并且"与众僧传道，是个妖邪，被我捆了"。

公主流落在这里，那么官里的必然是个妖怪。这也是书中出现的最后一个妖怪，取经路上最后一个妖怪。当初第一个妖怪的目的是吃唐僧肉（但是没听说传言），这最后一个妖怪，则是：

假借国家之富，搭起彩楼，欲招唐僧为偶，采取元阳真气，以成太乙上仙。

又是一个强迫唐僧与之结婚的女妖怪。这次的情况比较复杂，妖怪成了公主，这下不仅仅是妖怪要和唐僧结婚，在凡人眼里更是公主要和唐僧结婚。这人间的事情，远比神魔之间的事情来得复杂。

好在这时候，取经团队已经到了天竺国都城，离灵山没多远了。唐僧就算没有顾及破戒的后果，估计也会把持住，毕竟都这时候了，要是再把持不住就没意思了。

然而，孙悟空虽说是个高僧，但是多少也有私心。这时候，他也有些纠结：

国王见了，教请行者三位近前道："汝等将关文拿上来，朕当用宝花押交付汝等，外多备盘缠，送你三位早去灵山见佛，若取经回来，还有重谢。留驸马在此，勿得悬念。"……

行者朝上唱个喏道："聒噪！聒噪！"便转身要走，慌着个三藏一毂辘爬起，扯住行者，咬响牙根道："你们都不顾我就去了！"行者把手捏着三藏手掌，丢个眼色道："你在这里宽怀欢会，我等取了经，回来看你。"那长老似信不信的，不肯放手。

虽然孙悟空向唐僧使了个眼色，但是连唐僧自己都有些不相信。这时候，唐僧已经承认了孙悟空的领导地位，也承认了孙悟空的佛学修养高于自己。只要唐僧破戒，被贬入地狱，取经的功劳，就全是孙悟空的了。

唐僧只是个取经的任务包袱，我想孙悟空此时也盘算着，这里离灵山这么近，这个任务包袱，或许已经不需要存在了。

行者三人，同众出了朝门，各自相别。八戒道："我们当真的走哩？"行者不言语，只管走至驿中。

看得出孙悟空在纠结，猪八戒这句话，更是让孙悟空有些内疚。最终，孙悟空还是决定，去营救唐僧。

而且这次唐僧表现也非常良好：行者见师父全不动念，暗自里咂嘴夸称道："好和尚！好和尚！身居锦绣心无爱，足步琼瑶意不迷。"

这个妖怪没啥战斗力，压根就不是孙悟空对手。而且这个妖怪一看就业余，两三句对话，就把自己的来路给卖了：

行者闻说，呵呵冷笑道："好孽畜啊！你既住在蟾宫之内，就不知老孙的手段？你还敢在此支吾？快早现相降伏，饶你性命！"

那怪道："我认得你是五百年前大闹天宫的弼马温，理当让你；但只是破人亲事，如杀父母之仇，故此情理不甘，要打你欺天罔上的弼马温！"

这个妖怪跟其他妖怪一样，没啥见识，真的以为孙悟空就是天上宣传那样的跳梁小丑，没啥本事还自封齐天大圣，完了还大闹天宫……打了没十几个回合，妖怪就撑不住了。

有一点需要注意，月亮的最高神不是嫦娥，而是太阴星君。所以这次来收服这个玉兔精的是太阴星君，跟猪八戒有一腿的是太阴星君手下的婢女霓裳仙子。

本章最后，简单提下猪八戒和嫦娥的关系，按照央视版电视剧的说法，是猪八戒主动调戏她，而她并不理睬猪八戒。实际上，他俩是一个巴掌拍不响，猪八戒最后受到惩罚是因为自己不低调。所以这次老情人相见，猪八戒上去强抱，霓裳仙子也没反抗：

正此观看处，猪八戒动了欲心，忍不住，跳在空中，把霓裳仙子抱住道："姐姐，我与你是旧相识，我和你耍子儿去也。"行者上前，揪着八戒，打了两掌骂道："你这个村泼呆子！此是甚么去处，敢动淫心！"八戒道："拉闲散闷耍子而已！"

要不是孙悟空制止，唐僧没破戒，倒是猪八戒先破戒了。

人事才是最终 *boss*

　　估计谁第一次看《西游记》这本书的时候都想不到，取经路上最后一次磨难，竟然跟妖怪无关，甚至跟神魔圈子都没啥关系，仅仅是一场官司。

　　按照常理，这都最后的关卡了，应该来个厉害的啊。仔细一看，这个关卡，确实是最难的。

　　铜台府地灵县的寇员外好心斋僧，师徒四个来了，斋僧数量刚好凑满一万个，眼看就能申请吉尼斯世界纪录了，却引来了当地的强盗过来打劫：

　　众贼欢喜，齐了心，都带了短刀、蒺藜、拐子、闷棍、麻绳、火把，冒雨前来，打开寇家大门，呐喊杀入……

　　那伙贼，拿着刀，点着火，将他家箱笼打开，把些金银宝贝，首饰衣裳，器皿家火，尽情搜劫。那员外割舍不得，拚了命，走出门来对众强人哀告道："列位大王，毂你用的便罢，还留几件衣物与我老汉送终。"那众强人那容分说，赶上前，把寇员外撩阴一脚踢翻在地，可怜三魂渺渺归阴府，七魄悠悠别世人！

　　此时的唐僧师徒刚刚离开寇员外府没多久，正在一个叫华光行院的破屋子里躲雨。这师徒四个真的是躺着也中枪，这个寇员外死了，他的老婆偏偏在那乱嚼舌头，愣说这伙强盗是他们师徒四个：

点火的是唐僧，持刀的是猪八戒，搬金银的是沙和尚，打死你老子的是孙行者。

这种乱说话的老年妇女着实可恨，但是寇员外的儿子也不明真相，就用这样的说法向警方报了案。

偏偏不凑巧，这伙强盗抢了财物也往西边跑，碰上了唐僧师徒。强盗又起了贼心，打算顺便把他们也抢了。这时候的孙悟空可不会乱杀生了，只是把他们捆起来，收缴了赃物，打算送到官府去。

就在这时，官兵来了。得嘞，强盗的赃物还在这儿呢，给师徒四个来了个人赃并获！

三藏大惊道："徒弟，你看那兵器簇拥相临，是甚好歹？"

八戒道："祸来了，祸来了！这是那放去的强盗，他取了兵器，又伙了些人，转过路来与我们斗杀也！"

沙僧道："二哥，那来的不是贼势。——大哥，你仔细观之。"

行者悄悄的向沙僧道："师父的灾星又到了，此必是官兵捕贼之意。"

说不了，众兵卒至边前，撒开个圈子阵，把他师徒围住道："好和尚，打劫了人家东西，还在这里摇摆哩！"

一拥上前，先把唐僧抓下马来，用绳捆了；又把行者三人，也一齐捆了；穿上扛子，两个抬一个，赶着马，夺了担，径转府城。

这很要命啊，官兵抓他们，按理说以孙悟空师兄弟的战斗力，就是千军万马也不用怕。但要是反抗，且不说不小心会杀生破戒，反抗了这事可就真说不清楚了。所以唐僧、猪八戒、沙僧都很无奈，唐僧害怕，猪八戒埋怨，沙僧拿不定主意。唯独孙悟空非常淡定，还笑嘻嘻的。孙悟空真是越来越有高僧大德的样子了。

到了法庭，刺史不分青红皂白（人赃并获，真心说不清楚），就要动刑。无奈之际，孙悟空也只有暂时"招了"：

（刺史）叫手下："拿脑箍来，把这秃贼的光头箍他一箍，然后再打！"行者慌了，心中暗想道："虽是我师父该有此难，还不可教他十分受苦。"他见那皂隶们收拾索子结脑箍，即便开口道："大人且莫箍那个和尚。昨夜打劫寇家，点火的也是我，持刀的也是我，劫财的也是我，杀人的也是我。我是个贼头，要打只打我，与他们无干，但只不放我便是。"

这下好了，几个人被送进了牢房。这还不算，牢房里的禁子（低级狱卒）还勒索财物。没法子啊，在孙悟空的建议下，唐僧只好忍痛把袈裟啥的送给他们……

三藏听说就如刀刺其心，一时间见他打不过，只得开言道："悟空，随你罢。"行者便叫："列位长官，不必打了。我们担进来的那两个包袱中，有一件锦襕袈裟，价值千金。你们解开拿了去罢。"

其实这个时候，一个完整的脱难计划已经在孙悟空心中成型：

首先，这伙儿禁子翻看包裹，肯定能看到通关文牒之类的。一看护照，那还不啥都明白了吗？怎么说唐僧也顶着个高僧的头衔啊。

其次，跑到寇员外家装神弄鬼，让寇员外家人第二天撤诉。

再次，跑到刺史家中装神弄鬼，让他第二天改判。

最后，冒充夜游神，在那地灵县的知县家里装神弄鬼，让他们第二天改判。

总之，装神弄鬼。不过效果非常明显：

却说那刺史升堂，才抬出投文牌去，早有寇梁兄弟抱牌跪门叫喊。刺史着令进来，二人将解状递上……

正忖度间，只见那地灵县知县等官，急急跑上堂乱道："老大人，不好了！不好了！适才玉帝差浪荡游神下界，教你快放狱中好人。昨日拿的那些和尚，不是强盗，都是取经的佛子。若少迟延，就要踢杀我等官员，还要把城池连百姓俱尽踏为灰烬。"

孙悟空对自己的计划也非常有信心。虽然孙悟空现在玩连环计跟真人派和佛派大佬比还嫩了点，但是有这头脑，以后修成正果了有得混。

最后的结局必然是圆满的，不仅师徒四人平反昭雪。寇员外还起死回生，而且延长了一纪（十二年）的寿命。不过，这个延长寿命不是电视剧中，孙悟空在阎王那强行要来的，而是地藏王菩萨看在孙悟空的面子上，同时考虑寇员外这人是个善良的人，这才给的。

哦，对了，原著里可没有提到寇员外女儿和某蚁族的爱情。央视版《西游记》续集最让我难以接受的就是几乎每一集都要凑个爱情故事，可怜很多人还认为这个电视剧忠于原著，唉！虽说张纪中版《西游记》对原著也有改动，而且配乐极其糟糕，特效水分很大，但是至少是能看的。

浙版《西游记》嘛——你确定那是《西游记》，不是"嘻油技"？

完美的结局

　　取经团队到了灵山，原著快结束了，咱们的叙述和详解也到了尾声。在本书的最后一章，我们就来聊聊师徒几个最后的旅程。这一段故事，作者用了三回的篇幅，也就是第九十八回到第一百回。

　　在见到佛祖之前，他们先见到了金顶大仙，又在凌云渡见到了接引佛祖。金顶大仙没啥好讲的，遇到接引佛祖的过程，才是有意思的。

　　他们先是见到了一条河，河上有座独木桥。很显然唐僧是不敢走的：

　　三藏心惊胆战道："悟空，这桥不是人走的，我们别寻路径去来。"

　　不仅唐僧，连猪八戒都怕，不腾云驾雾不敢走。就在这时候，接引佛祖出现了，但是只有孙悟空知道那是接引佛祖：

　　三藏回头，忽见那下溜中有一人撑一只船来，叫道："上渡！上渡！"长老大喜道："徒弟，休得乱顽。那里有只渡船儿来了。"

　　他三个跳起来站定，同眼观看，那船儿来得至近，原来是一只无底的船儿。

行者火眼金睛，早已认得是接引佛祖，又称为南无宝幢光王佛。行者却不题破，只管叫："这里来！撑拢来！"霎时撑近岸边，又叫："上渡！上渡！"三藏见了，又心惊道："你这无底的破船儿，如何渡人？"……

长老还自惊疑，行者又着膊子，往上一推。那师父踏不住脚，毂辘的跌在水里，早被撑船人一把扯起，站在船上。师父还抖衣服，垛鞋脚，抱怨行者。

就在他们在船上扯皮的时候，唐僧的尸体却从旁边漂过——意味着唐僧脱胎换骨。

之后，孙悟空告诉唐僧这是接引佛祖。唐僧这才幡然醒悟，对孙悟空等接连表示感谢。而孙悟空再次表现了作为高僧大德的气度：行者道："两不相谢，彼此皆扶持也。我等亏师父解脱，借门路修功，幸成了正果；师父也赖我等保护，秉教伽持，喜脱了凡胎……"

搞笑的是，这个时候，"人事"又出现了。《西游记》最精妙的地方，就是把神仙也描写得如同世俗的人物一样，借此表达一种非宗教的思想。负责给经书的阿傩、迦叶，竟然向师徒四人索要贿赂，也就是所谓的"人事"。

情节我想大家都知道，第一次因为没给贿赂，经书都是没字儿的（幸亏燃灯古佛帮忙，不然师徒几个就白跑了）。第二次跑去跟如来告状，如来却向着阿傩、迦叶，说这贿赂少不了……没法子，给了他们紫金钵。

其实这个事情他们可以有个冠冕堂皇的理由——这是九九八十一难之一。这话一出，谁也不好反驳。按照常理，这确实算是一难，但是在观音菩萨计算的时候，却把这一段给掐了，最后一难是：凌云渡脱胎八十难。

为啥呢？对此，我有个看法，那就是这个书稿被人动过。

之前我已经说过了，世德堂本虽然是最早的本子，跟成书年代相差不远，但是也经过了改动。这个改动就是把九十九回改成了一百回，加了个第六十四回《荆棘岭悟能努力，木仙庵三藏谈诗》。所以在后面观音菩萨细数劫难的时候，不得不加上"棘林吟咏五十二难"。世德堂的老板做事，还是蛮细心的。

在杨景贤版的《西游记》里，唐僧取经成功了，仨徒弟留在西天自杀，好重入轮回下辈子做人。而小说《西游记》主角已经成了孙悟空，再这么写就没意思了。毕竟整部小说就是孙悟空的上位史，怎么从一个默默无闻的小猴子精考上神仙编制（也就是修成正果）。

结局很完美。师徒四人跌入通天河，遇上了当初的大白鼋。因为他们就顾着自己高兴，忘了帮大百鼋问事情，所以大百鼋驮他们过河过了一半就把他们丢在了河里。后来嘛，师徒四人又在陈家庄小住，就起身回到大唐了。

要说小说就此结束，未尝不可。但是作者还没调侃够呢。虽然作者时不时披上宗教的外衣，但是作者绝对没有宗教信仰。信仰宗教，可不敢写《西游记》这种拿神仙开玩笑的书。作者要在最后来个大调侃，那就是给他们五个（算上小白龙）安排职位。也就是孙悟空心中念念不忘的神仙编制：

如来道："圣僧……汝为旃檀功德佛。孙悟空……汝为斗战胜佛。猪悟能……做净坛使者。"

八戒口中嚷道："他们都成佛，如何把我做个净坛使者？"

如来道："因汝口壮身慵，食肠宽大。盖天下四大部洲，瞻仰吾教者甚多，凡诸佛事，教汝净坛，乃是个有受用的品级，如何不好！沙悟净……为金身罗汉。"

又叫那白马："汝……为八部天龙马。"

孙悟空终于成了佛——斗战胜佛，地位在观音菩萨之上。虽然是最低等级的佛，但那也是佛啊！

《西游记》最后一个小情节，就是关于孙悟空的《紧箍儿咒》。不知为啥，每次看到这一段，心里滋味都是五味杂陈。或许是因为整部书结束了，有些不舍；或许看到孙悟空终于摆脱包袱，有些欣慰；亦或者，只是我自己吃饱了撑的：

孙行者却又对唐僧道："师父，此时我已成佛，与你一般，莫成还戴金箍儿，你还念甚么《紧箍儿咒》儿揸勒我？趁早儿念个《松箍儿咒》，脱下来，打得粉碎，切莫叫那甚么菩萨再去捉弄他人。唐僧道："当时只为你难管，故以此法制之。今已成佛，自然去矣，岂有还在你头上之理！你试摸摸看。"行者举手去摸一摸，果然无之。

这一句"此时我已成佛，与你一般"，我总觉得或许有深意在里面，却又总是猜不透。既然猜不透，索性不猜了吧。就像孙悟空说的：

盖天地不全，这经原是全全的，今沾破了，乃是应不全之奥妙也！

《西游记》要告诉我们什么？

——卷首诗终极揭秘

《西游记》结束了，咱们的解读可没有就此结束。我们把目光重新聚焦到卷首诗上，回顾整篇《西游记》，思考下这本书到底要告诉我们什么。

诗曰：

混沌未分天地乱，茫茫渺渺无人见。

自从盘古破鸿蒙，开辟从兹清浊辨。

覆载群生仰至仁，发明万物皆成善。

欲知造化会元功，须看西游释厄传。

我在第一章就跟大家讲过，这首诗的意思就是：想知道在一个漫长的岁月里，"命运"所发挥的作用，那么请看看这本《西游释厄传》吧。《西游释厄传》，是作者给这本书起的名字，翻译成白话就是"西天取经路上解决厄运的故事"。

我们梳理下孙悟空的平生，以及整个取经故事，就会发现命运贯彻始终：

孙悟空学艺，只不过是成为一颗棋子，被人利用。从孙悟空学艺那一刻起，甚至从孙悟空有学艺的想法的那一刻起，他的人生就注定了。此后的种种，都是在真人派的掌控之下。

传授孙悟空本事，是真人派想让一个小炮灰去大闹天宫削弱官僚派；小炮灰造反失败了，那么就让佛派出面摆平这个小炮灰（虽然说起来，小炮灰的本事还是佛派给的）；沉寂了五百年，佛派和真人派搞了个取经活动，让小炮灰参加……

而取经路上，很多磨难实际上都是精心设计好的。甚至他们何时到何地，都被人算得准准的。他们削弱官僚派在人间的势力和威信，他们清除沿途的地方势力，当然，也帮助沿途百姓除了不少的害。

《西游记》这么强调命运，那这本书岂不是一本宣扬封建糟粕、传播消极负能量的书籍？显然没有这么简单，《西游记》的真正奥义就在于八个字：

命由天作，福自己求。

对于孙悟空而言，虽然命运的大方向是固定的，但是如何做得更好，掌握在他自己手里。所以孙悟空兢兢业业，在西天路上无怨无悔，尤其是后期，孙悟空的成长和成熟显而易见。不仅懂得了为人处世，更对佛学有了连唐僧都自愧不如的造诣。所以孙悟空成为三个徒弟当中唯一一个成佛的。

猪八戒何尝不是呢？虽然自己性格上没啥自制力，学佛学不好，本事又不如孙悟空，那么就卖力气好了，只要坚持下去，也会有属于自己的成就。

沙僧和小白龙也是啊，安心做个酱油党，事成之后也有一份嘉奖。

唐僧呢，作为内定人员，他不需要付出努力。但是他要付出牺牲，牺牲那个原先的自己。他原本是一个纨绔子弟，如果没做和尚，他或许是个风流才子，或许是个浪荡不羁的富二代。但是为了取经，只能将真实的自己掩埋，装作一个高僧（所以才有凌云渡脱胎换骨）。

师徒四个加上小白龙，实际上已经把我们这些芸芸众生的人生都概括了。

同时，孙悟空又象征着人的心，孙悟空成佛的过程，就是一个人的心，从幼稚到成熟的过程。

我曾经这样想过：如果在孙悟空想学艺的时候，把这一切都告诉他，告诉他大闹天宫，告诉他压在山下五百年，告诉他取经的种种苦难。我想，孙悟空会打消学艺的想法，安心做自己的猴王，跟着他的子民们一起生老病死，成为轮回中的普通一员。

但是，当孙悟空真的成佛的时候，曾经的苦难，又算得什么呢？

换在我们每个人身上，假如你小时候就知道长大了的世界这么烦，估计小时候的你就此装疯卖傻，决心当个长不大的低能儿。但是现在的你回想经历的一切，却只是会心一笑罢了。